GOLDMANN

D1925633

Barbara Cartland hat nicht nur zahlreiche romantische Liebesromane veröffentlicht, sondern auch geschichtliche und biographische Werke. Ihre Enkelin Diana ist die Gattin des englischen Thronfolgers Prinz Charles.

Außer dem vorliegenden Band sind von Barbara Cartland folgende Romane als Goldmann-Taschenbücher erschienen:

Der Blitz der Liebe (41278)
Der Krone versprochen (9667)
Drache und Diamant (6668)
Das ferne Schloß (8472)
Fesseln der Liebe (6641)
Eine französische Affäre (41277)
Gefährliche Spiele (9668)
Geliebter Wildfang (9924)
Glück am sicheren Faden (8359)
Glück unter der Zirkuskuppel (9638)
Die goldene Gondel (41204)
Mit Herz und Verstand (41280)
Persische Perlen (9961)
Teuflische Machenschaften (9621)
Die weiße Taube von Schloß Royal (9929)
Zauberwalzer (41205)

BARBARA CARTLAND

# *Die schöne Witwe*

ROMAN

*Aus dem Englischen*
*von Agnes Krup-Ebert*

GOLDMANN VERLAG

Deutsche Erstausgabe

Titel der Originalausgabe: Love and Kisses
Originalverlag: Eaglemoss Publications Limited, London

*Umwelthinweis:*
Alle bedruckten Materialien dieses Taschenbuches
sind chlorfrei und umweltschonend.
Das Papier enthält Recycling-Anteile.

Der Goldmann Verlag
ist ein Unternehmen der Verlagsgruppe Bertelsmann


Umschlagentwurf: Design Team München
Farbige Umschlagzeichnung: C. Vega / Luserke, Walter Wyles, Friolzheim
Satz: IBV Satz- und Datentechnik GmbH, Berlin
Druck: Elsnerdruck, Berlin
Verlagsnummer: 9396
Lektorat: Sibylle Auer/MV
Herstellung: Ludwig Weidenbeck/sc
Made in Germany
ISBN 3-442-09396-1

3 5 7 9 10 8 6 4 2

## Vorbemerkung der Autorin

Obwohl man sie mißbilligte, waren Duelle in der viktorianischen Zeit nicht verboten. Für einen Gentleman waren sie ein ehrenhafter Weg, eine Auseinandersetzung auszutragen.

1809 duellierte sich Lord Castlereagh mit George Canning wegen der Regierungspolitik; und der berühmte Herzog von Wellington schlug sich mit dem Earl von Winchilsea.

1789 duellierte sich William Pitt der Jüngere mit dem Whig-Politiker George Tierney. Weil Pitt ausgesprochen dünn war und Tierney sehr dick, wurde vorgeschlagen, Pitts Umrisse mit Kreide auf Tierneys Mantel zu zeichnen und solche Einschüsse nicht gelten zu lassen, die außerhalb der Markierung lagen!

In meinem Haus habe ich ein Porträt der schönen, aber unglücklichen Gräfin von St. Giles. Sie liegt in der Kirche von St. Giles begraben. Sie war die Geliebte des zweiten Herzogs von Buckingham, der als hervorragender Schütze galt, und die beiden planten die Ermordung ihres Ehemannes. Als Page verkleidet war die Gräfin bei dem verhängnisvollen Duell anwesend. Sie erlebte, wie der Earl, von ihrem Liebhaber tödlich getroffen, starb. Als sie später mit dem Herzog das Bett teilte, trug sie das blutbefleckte Hemd ihres toten Gatten.

# 1817

## 1. KAPITEL

Arilla sah die ungepflegte Auffahrt hinunter und seufzte. Sie hatte zwar gehofft, daß er kommen würde, aber nicht wirklich damit gerechnet.

Dann, als sie schon mutlos zum Haus zurückgehen wollte, nahm sie in der Ferne eine Bewegung wahr. Eine Sekunde später konnte sie Pferde erkennen. Sie stieß einen kleinen, aufgeregten Schrei aus.

Um besser sehen zu können, rannte sie die moosbedeckten, teilweise zerbrochenen Stufen des Vordereingangs hinauf. Als sie sich wieder umwandte, erkannte sie, daß sie recht gehabt hatte. Ein Phaeton kam auf das Haus zu, gezogen von zwei wunderbar zueinander passenden Braunen.

Sie wartete, und ihre großen Augen schienen ihr schmales Gesicht ganz auszufüllen. Die Pferde kamen immer näher, bis sie schließlich genau zu Füßen der Treppe mit einem Schwung anhielten.

Einen Moment war sie sprachlos. Dann aber, als der Lenker des Phaeton den Zylinder von seinem dunklen Haarschopf zog, rief sie aus: »Harry! Ich wußte, daß du kommen würdest!«

Der Herr überließ die Zügel seinem Stallburschen, der von dem kleinen Sitz an der Rückseite des Phaeton heruntergeklettert war, und sprang auf die Erde.

Der Phaeton war ziemlich hoch, aber nicht ganz so übertrieben wie das Modell, das der Prinzregent vor ein paar Jahren eingeführt hatte. Er war leichter, besser gefedert und sicher schneller auf den Straßen, die sich, außer zu dieser Jahreszeit, nach dem Regen oft genug in einen Morast verwandelten.

Ohne erkennbare Eile ging der Herr um den Phaeton herum. Bevor er die Stufen zu der wartenden Arilla hinaufstieg, warf er einen Blick auf das Haus. Sie glaubte, auf seinem schönen Gesicht einen verächtlichen Ausdruck zu erkennen. Das war kein Wunder, denn die Mauern mußten neu verputzt werden, und einige Fensterscheiben waren gesprungen. Wilder Efeu wucherte über viele der Fenster.

Mit seinem zu einem komplizierten Knoten geschlungenen Halstuch, von dem Arilla annahm, daß es unter den Beaus in St. James die neueste Mode war, sah der Herr außerordentlich elegant aus. Während er die Treppe heraufkam, sagte er: »Genau zwei Stunden bis hierher! Ich glaube, ich habe meinen eigenen Rekord gebrochen – oder hat irgend jemand mich übertroffen, seit ich das letzte Mal hier war?«

»Niemand fährt so gut wie du, Harry!« antwortete Arilla. »Außerdem haben wir sonst keine Besucher, deren Pferde sich mit deinen vergleichen ließen.«

Sie sah, wie seine Mundwinkel zuckten und fügte hinzu: »Es sind doch deine?«

Die Antwort fiel genauso aus, wie Arilla erwartet hatte.

»Für heute ja! Ich habe sie geborgt, wie immer.«

»Ach, Harry! Bist du wieder abgebrannt?«

»Na sicher! Was hast du denn erwartet?«

Sie durchquerten die Halle, die noch schäbiger war als in Harrys Erinnerung, und betraten den Salon, der einmal wirklich schön gewesen war. Jetzt aber wirkte er, wie der Rest des Hauses, trostlos und ärmlich. Die Gardinen waren verschlissen, und das Futter hing zerrissen herab, der Teppich war fadenscheinig, und an den Wänden gab es helle Flecken, wo ganz offensichtlich einmal Bilder oder Spiegel gehangen hatten.

Harry Vernon hatte seinen Hut und die Handschuhe in der Halle abgelegt und strich sich nun mit einer Hand das Haar glatt. In verändertem Tonfall sagte er: »Es tut mir so leid, Arilla, daß dein Vater gestorben ist.«

Arilla seufzte ein wenig. Ohne ihn anzusehen, antwortete sie: »Wir sind einander immer so nahe gewesen, Harry, seit ich ein Kind war – aber du weißt, dies ist das beste, was passieren konnte.«

»War es denn so schlimm?« fragte Harry voller Mitleid.

»Das letzte Jahr war furchtbar«, sagte Arilla.

Sie schwieg einen Moment und fuhr dann fort: »Papa hatte das Bewußtsein verloren und hat mich nicht wiedererkannt. Wir hatten überhaupt kein Geld für Ärzte oder für die Medikamente, die sie ihm geben wollten.«

Harry sagte scharf: »Warum hast du mir das nie gesagt?«

»Was hätte das genutzt?« fragte Arilla. »Auch du hast kein Vermögen.«

»Das ist richtig«, stimmte er ihr zu. »Aber ich hätte trotzdem versucht zu helfen.«

»Ich weiß«, sagte Arilla. »Aber es gab wirklich nichts, was du hättest tun können.«

Sie zögerte einen Moment und meinte dann: »Jetzt, wo alles vorbei ist, kommt es mir vor, als wäre Papa schon vor einem Jahr gestorben. Verstehst du?«

Harry Vernon verstand genau, was seine Cousine meinte. Ihr Vater, Sir Roderick Lindsey, hatte einen schweren Reitunfall gehabt, der ihn teilweise lähmte. Von diesem Augenblick an war er im Grunde ein toter Mann gewesen. Nur sein Herz hatte noch geschlagen. Die Ärzte hatten ihn nicht mehr zu Bewußtsein bringen können, aber er lebte weiter.

Für seine Tochter, die ihn aufopfernd gepflegt hatte, war es eine Tragödie. Erst jetzt wurde Harry klar, was für ein einsames Leben sie geführt haben mußte. Und doch gab es nichts, was er für sie hätte tun können.

Als ob sie seine Gedanken lesen könnte, sagte Arilla: »Denk nicht mehr daran! Es ist vorbei. Aber jetzt brauche ich deine Hilfe. Bitte, Harry, hilf mir! Ich habe doch sonst niemanden!«

»Du weißt, daß ich alles tun werde, was in meiner Kraft steht«, antwortete Harry, »auch wenn es nur wenig ist.«

Während er sprach, ging er zum Fenster hinüber und sah verlegen in den verwilderten Garten hinaus. Es war Frühling, die Narzissen überzogen den Boden unter den Bäumen mit einem goldenen Teppich, und überall blühte der Flieder.

Obwohl der Garten so vernachlässigt war, sah er wunderschön aus. Harry dachte daran, wie gern er als Kind dort gespielt hatte. Seine Eltern hatten ihn zum Herrenhaus von Little Marchwood herübergebracht, wo er Sir Roderick und Lady Lindsey immer willkommen gewesen war. Sein Vater und Lady Lindsey waren Cousins, aber manchmal hatte er den Eindruck gehabt, sie und ihr Mann sähen in ihm den Sohn, den sie nie gehabt hatten. Es war Sir Roderick gewesen, der Harrys manchmal sehr starrsinnigen Vater dazu überredet hatte, ihn nach Eton zu schicken. Und es war Sir Roderick, der dafür gesorgt hatte, daß Harry in das Leibregiment aufgenommen wurde, während sein eigener Vater gemeint hatte, er könne sich nur ein Fußregiment leisten.

Ich nehme an, dachte Harry, daß es Sir Roderick war, von dem ich meinen teuren Geschmack habe.

Laut sagte er: »Ich werde dir helfen, Arilla. Natürlich werde ich dir helfen. Aber es wird weiß Gott nicht einfach sein.«

»Ich will kein Geld von dir, Harry.«

Er wandte sich um und blickte sie überrascht an.

»Aber ich dachte...«, fing er an.

»Laß mich bitte in Ruhe erzählen, was ich vorhabe und warum ich deine Hilfe brauche.«

»Ja, natürlich«, meinte Harry.

»Aber zuerst bekommst du etwas zu trinken«, sagte Arilla. »Ich hätte längst daran denken sollen, aber ich war so froh, dich wiederzusehen.«

Sie lächelte ihn an, während sie fortfuhr: »Es ist noch eine einzige Flasche von Papas bestem Claret da. Ich habe sie versteckt – sonst hätten die Ärzte sie getrunken. Sie ist für dich.«

»Bitte, mach mir nicht noch mehr Schuldgefühle, als ich ohnehin schon habe!« bat Harry.

Er ging zu einem kleinen Tischchen in einer Ecke des Salons, wo stets die Getränke angerichtet wurden. Dort standen, wie er erwartet hatte, eine Karaffe mit dem Wein und ein schönes, poliertes Kristallglas für ihn.

Er goß sich ein und fragte höflich: »Trinkst du nicht einen Schluck mit mir?«

»Es ist alles für dich«, sagte Arilla fest, »und außerdem wirst du es brauchen!«

»Was hast du denn jetzt wieder vor?« fragte Harry. »Übrigens, Arilla, du bist sehr hübsch geworden, seit ich dich das letzte Mal gesehen habe!«

Sie lächelte über das Kompliment und ließ dabei die Grübchen in ihren Wangen sehen. Ihre tiefblauen Augen funkelten.

»Ich hatte gehofft, daß du so etwas sagen würdest.«

»Es ist wahr!« bekräftigte Harry und trank einen Schluck. Er schwieg einen Moment und sagte dann: »Du bist zwar ein bißchen dünn, aber das ist trotzdem besser als das pummelige kleine Mädchen, an das ich mich von früher erinnere!«

»Wieso klein?« brauste Arilla auf. »Ich bin neunzehn! Ist dir das klar, Harry? Neunzehn! Ich komme mir schon ziemlich alt vor!«

»Und ich bin siebenundzwanzig«, erwiderte er, »und wenn ich nicht aufpasse, bin ich bald älter als Methusalem!«

Sie lachten beide, und Harry ließ sich sehr vorsichtig in einen Lehnstuhl sinken – seine champagnerfarbenen Kniehosen waren nach der neuesten Mode geschnitten und sehr eng. Dann setzte er sein Weinglas ab.

Arilla holte die Karaffe und stellte sie neben das Glas auf

das kleine Tischchen. Anstatt auf dem Stuhl Harry gegenüber Platz zu nehmen, setzte sie sich einfach neben ihn auf den Kaminvorleger.

»Ich möchte, daß du mich genau ansiehst, Harry, ganz unbeteiligt«, sagte sie. »Als ob ich eine Fremde wäre und nicht deine Cousine, die du kennst, seit sie in der Wiege gelegen hat.«

Während sie sprach, wandte sie ihm das Gesicht zu. Er verstand, was sie meinte, und sagte: »Es ist mein Ernst, Arilla, daß du sehr hübsch bist – nein, das ist falsch – du bist wunderschön!«

»Findest du das wirklich, Harry?«

»Wenn du dir ein neues Kleid kaufen würdest und dir das Haar etwas modisch richten ließest, wärst du eine Sensation!«

Er sah den Glanz in ihren Augen und schalt sich selbst einen Dummkopf. Welchen Sinn hatte es, ihr solche Komplimente zu machen, wo doch die einzigen, die sie hier draußen in Little Marchwood bewundern konnten, ein paar Bauerntölpel waren!

»Ich hatte gehofft, daß du das sagen würdest«, murmelte Arilla versunken, als spräche sie zu sich selbst. »Man sagt, ich sähe aus wie Mama.«

»Das ist richtig«, sagte Harry. »Aber was nützt dir das in diesem Nest? Ist vielleicht ein interessanter Mann in der Gegend aufgetaucht?«

»Was du wissen willst«, sagte Arilla, »ist, ob es hier einen Mann gibt, den ich heiraten könnte, aber die Antwort darauf lautet schlicht: Nein!«

Harry lächelte. Sie wußte, daß er überlegte, ob er nicht einige Herren aus London dazu bringen könnte, hierherzukommen und Arilla kennenzulernen. Gleichzeitig wußten sie beide, daß, selbst wenn ihm das gelänge, Arilla ihnen wahrscheinlich nicht einmal ein anständiges Essen oder auch nur etwas zu trinken anbieten konnte, wenn das hier wirklich die letzte Flasche guten Weines aus dem Keller ihres Vaters war.

»Jetzt, wo dein Vater tot ist«, fragte er, »gibt es doch sicher irgendwelche Verwandte, bei denen du leben kannst?«

Arilla lachte. »Du kennst meine Verwandten genausogut wie ich! Entweder sind sie so alt, daß sie mit einem Fuß schon im Grabe stehen, oder sie sind so arm wie du und ich.«

Sie zögerte einen Moment und fügte dann hinzu: »Die Dinge haben sich nicht so sehr verändert, Harry, seit wir Kinder waren, und deine Verwandten sind doch in einer ähnlich peinlichen Lage – bis auf den Herzog natürlich.«

»Der Herzog!« Harrys Stimme klang ein wenig verächtlich. Dann sagte er: »Es gibt eine nette Geschichte über die neueste Gemeinheit Seiner Gnaden und darüber, wie sparsam die Marquise mit Trinkgeldern umgeht, aber das erzähle ich dir später. Laß uns lieber noch ein wenig von dir sprechen.«

Arilla nahm sich fest vor, Harry später noch einmal nach seinem Cousin zu fragen, der das Oberhaupt der Familie Vernon war und immer genug Gesprächsstoff bot. Der Herzog von Vernonwick galt als der geizigste Mann von ganz England. Niemals hatte man gehört, daß er einem Angehörigen seiner Familie geholfen hätte, ganz gleich, wie groß die Schwierigkeiten waren. In der Familie Vernon machte man sich einen Spaß daraus, Geschichten über ihn zu sammeln – von denen nur einige wenige übertrieben waren – und sie weiterzuerzählen. Harry erinnerte sich daran, wie sein Vater einmal bitter gesagt hatte: »Das einzige, was wir vom Herzog je bekommen haben, ist ein Witz auf seine Kosten!«

Niemand wußte besser als Arilla, daß Harrys Eltern bei ihrem Tod genauso arm gewesen waren wie ihre eigenen. Harry gehörte nur deshalb zu der reichen, extravaganten *Beau Monde,* weil er aus einer zwar verarmten, aber angesehenen alten Familie kam. Außerdem war er so charmant und gutaussehend, daß ihn der Prinzregent zu einem seiner engsten Freunde gemacht hatte.

»Um noch einmal darauf zurückzukommen«, sagte Arilla,

»du findest also, daß ich hübsch bin und daß ich, wenn ich richtig gekleidet wäre, genauso schön aussehen könnte wie Mama.« Sie schwieg kurz und fuhr fort: »Nun, deshalb habe ich mich entschlossen, nach London zu gehen!«

Harry starrte sie an. Dann fragte er: »Wie um alles in der Welt stellst du dir das vor?«

»Das werde ich dir sagen«, antwortete Arilla, »und deshalb brauche ich auch deine Hilfe.«

Sie machte es sich auf dem Kaminvorleger bequem und fuhr fort: »Ich bin zu dem Schluß gekommen, daß mir, wenn ich nicht hierbleiben und Hungers sterben will, gar nichts anderes übrigbleibt als einen reichen Mann zu heiraten!«

Harry öffnete den Mund, um etwas zu sagen, schloß ihn aber wieder, als Arilla fortfuhr: »Und wie du schon treffend festgestellt hast, wird hier in Little Marchwood vermutlich keiner vom Himmel fallen.«

Sie lächelte. »Wahrscheinlich wird auch nicht direkt vor unserer Haustür eine Kutsche verunglücken, deren reichen Insassen ich dann gesundpflegen könnte. So etwas passiert nur in schlechten Romanen.«

Harry dachte, daß sie damit recht hatte, aber er unterbrach sie nicht, und Arilla fuhr fort: »Ich habe also vor, nach London zu gehen und, mit deiner Hilfe, ›eine Sensation‹ zu werden, wie du gesagt hast.«

»Aber – aber das ist unmöglich!« stieß Harry hervor. »Du verstehst nicht ganz...«

»Laß mich ausreden«, sagte Arilla und hob ihre Hand. »Ich war noch nicht fertig. Natürlich weiß ich, daß ich, so wie ich jetzt aussehe, keine ›Sensation‹ bin.« Nach einer Pause fügte sie hinzu: »Und ich weiß auch, daß ich, wenn ich versuchen würde, in London eine Saison als Debütantin zu verbringen, eine Anstandsdame bräuchte und mich in schreckliche Unkosten stürzen müßte, die ich mir gar nicht leisten könnte.«

»Also wie...?« begann Harry wieder, aber noch einmal

brachte ihn Arilla zum Schweigen, indem sie fortfuhr: »Ich habe mich deshalb entschlossen, nicht als die nach London zu gehen, die ich wirklich bin, sondern als die junge Witwe des verstorbenen Sir Roderick Lindsey.«

Nun war Harry so entsetzt, daß ihm die Worte fehlten. Er starrte seine Cousine an, als wäre sie gerade verrückt geworden.

»Die Witwe deines Vaters?«

»Genau das habe ich gesagt und gemeint!« antwortete Arilla. »Niemand weiß, daß Papa tot ist, nur du und die Leute im Dorf.« Sie zögerte und fügte hinzu: »Wie du dir vielleicht denken kannst, hatte ich nicht das Geld, eine Todesanzeige in der ›*Gazette*‹ oder der ›*Morning Post*‹ zu veröffentlichen. Und offen gesagt, hielt ich es für eine Zeitverschwendung, die paar Verwandten zu benachrichtigen, die wir haben. Sie sind alle weit fort und haben sich um Papa nie besonders gekümmert.«

»Das verstehe ich«, sagte Harry. »Aber halte mich bitte nicht für dumm, weil ich nicht verstehe, warum du so tun willst, als wärst du die Witwe deines eigenen Vaters.«

»Du scheinst nicht zu begreifen«, antwortete Arilla. »Ich habe doch gerade erklärt, wieviel komplizierter es ist, Debütantin zu sein, als eine schöne, reiche Witwe...«

»*Reich?*« Dieses Wort schrie Harry fast.

»Das werden wir jedenfalls der Welt erzählen – der Welt, in der du glänzt.«

Harry saß kerzengerade auf seinem Stuhl und griff sich mit der Hand an die Stirn. »Ich glaube, du bist wahnsinnig geworden! Woher willst du das Geld nehmen?«

»Aus meiner Phantasie – und aus deiner.«

»Und was, bitte, wirst du ausgeben?«

»Das will ich dir ja gerade erzählen.«

»Und du denkst wirklich, das uns das irgend jemand glauben wird?«

»*Dir* werden sie glauben«, sagte Arilla. Nach einer kleinen Pause fuhr sie fort: »Du mußt den wichtigen Leuten, die ja alle

Freunde von dir sind, erzählen, daß eine attraktive, zurückhaltende, wohlerzogene junge Witwe nach London kommt, daß du sie sehr hübsch findest und daß sie niemanden kennt.«

Als sie Harrys ungläubiges Gesicht sah, fügte sie hinzu: »Du mußt sie alle sehr neugierig darauf machen, ›Lady Lindsey‹ kennenzulernen, und dafür sorgen, daß sie zu ein oder zwei Bällen eingeladen wird, wo sie eine echte Sensation werden wird.«

»So wie du aussiehst?« fragte Harry, und seine Stimme klang hart.

»Ich bin nicht so dumm, wie du denkst«, antwortete Arilla, »und ich habe über das alles lange nachgedacht. Genauso lange, wie ich weiß, daß Papa nie mehr gesund werden würde.«

Nach einem Zögern sagte sie: »Ich wußte, wenn er stirbt, würde ich hier allein sein, ohne eine Menschenseele, mit der ich reden könnte – außer den armen alten Johnsons, die sich eigentlich schon vor Jahren hätten zur Ruhe setzen sollen.«

»Die ganze Idee ist verrückt«, sagte Harry, »aber erzähl weiter.«

»Das einzige, was ich nicht verkauft habe – und du weißt, ich habe praktisch alles zu Geld gemacht, was ein paar Pennies wert war – sind Mamas Perlen. Sie hat sie mir hinterlassen, die Perlen und den Diamantstern, den sie immer vorn an ihrem Kleid trug.« Ein leises Schluchzen entrang sich Arillas Kehle, als sie weitersprach: »Ich habe diese Sachen geliebt, und sie gehörten mir. Ich habe so daran gehangen, daß ich nie daran dachte, sie zu verkaufen – bis mir klar wurde, daß sie mir den Eintritt in eine andere Welt ermöglichen könnten.« Arilla zögerte. »Mama hat sich immer gewünscht, daß ich in dieser Welt leben sollte, wenn wir nur das Geld gehabt hätten. Ich glaube, eigentlich war *sie* es, die mir diese Idee in den Kopf gesetzt hat.«

Harry schwieg, und nach einer Weile sagte Arilla: »Ich bin sogar ganz sicher! Oft fühle ich, daß Mama mir ganz nah ist. Ich weiß, sie würde wollen, daß ich diesen Weg gehe.«

»Ich kann mir nicht vorstellen, daß deine Mutter von dir erwarten würde, etwas völlig Unmögliches zu versuchen!«

»Warum ist das so unmöglich?« fragte Arilla heftig. »Denk doch einmal nach, Harry! Du hast gesagt, daß ich hübsch bin, und wenn ich es geschickt anstelle, habe ich Geld genug, mir Kleider zu kaufen, in denen du dich meiner nicht schämen mußt.« Schließlich fügte sie hinzu: »Mein Geld wird etwas länger als zwei Monate reichen.«

»Ich dachte, du hättest gesagt, du wärest reich?« fragte Harry.

Arilla lachte ein silberhelles Lachen.

»Ich wußte, daß du das fragen würdest – aber du weißt genausogut wie ich, daß reiche Leute ihr Geld nicht zum Fenster hinauswerfen.« Dann meinte sie: »Denk doch einmal an all die Leute, von denen man dir erzählt hat, sie seien reich, ohne daß du je etwas davon bemerkt hättest.«

»Vermutlich hast du recht.«

»Es gibt noch mehr solche eigenartigen Leute wie deinen Onkel, den Herzog. Denk an Lord Colton. Er lebte ganz hier in der Nähe, und es hieß, er wäre sehr reich.« Arilla sah Harry an und fuhr fort: »Nie hat er bei einer Wohltätigkeitsveranstaltung auch nur einen Penny gestiftet, und wenn Papa einmal bei ihm eingeladen war, sagte er immer, das Essen sei ungenießbar und der Wein geradezu eine Beleidigung.«

Nach einer kleinen Pause sagte Harry: »An dem, was du sagst, ist sicherlich etwas Wahres. Wenn ich darüber nachdenke, fallen mir eine ganze Menge Leute in London ein, von denen ich weiß, daß sie reich sind, die aber mit ihrem Geld nicht gerade großzügig umgehen.«

»Der einzige reiche Mensch, den ich je kannte«, sagte Arilla, »war meine Patin. Jedes Jahr schickte sie mir zu Weihnachten eine Karte, die sie im Jahr zuvor von jemand anderem erhalten hatte!«

Harry lachte, aber Arilla sprach ernsthaft weiter: »Du siehst also, Harry, daß es wirklich nur darauf ankommt, den Leuten einzureden, die schöne ›Lady Lindsey‹ sei reich.« Zögernd fügte sie hinzu: »Sie werden dafür gewiß keine handfesten Beweise verlangen – außer, daß sie gut angezogen ist.«

»Und wo willst du in London wohnen?« fragte Harry.

Arilla warf ihm einen Blick zu und sah rasch wieder zur Seite, bevor sie sagte: »Ich dachte... vielleicht... vielleicht könntest du mir helfen. Wenn ich für zwei Monate ein Haus mieten würde... dann hätte ich nicht mehr viel Geld übrig für... für meine Garderobe.«

»Bitte, da hast du es!« sagte Harry, offenbar zufrieden damit, einen Haken an einer Sache zu finden, die ganz offensichtlich Wahnsinn war.

»Warte! Ich glaube, ich habe eine Idee!«

»Wirklich?« fragte Arilla aufgeregt.

»Als ich deinen Brief bekam, in dem stand, daß dein Vater gestorben sei, hatte ich mich gerade von einer Freundin verabschiedet, die für zwei Monate nach Paris fährt.«

Arilla unterbrach ihn nicht, aber ein rührender kleiner Hoffnungsschimmer glänzte in ihren Augen.

»Meine Freundin gehört nicht gerade zur *Beau Monde*, und ich könnte dich ihr sicher nicht vorstellen. Aber sie ist recht wohlhabend und hat ein sehr elegantes Haus in Islington. – Sie sagte«, fuhr er fort, »wenn ich während ihrer Abwesenheit um eine Bleibe verlegen wäre, könnte ich dort wohnen, und das Personal hätte wenigstens etwas zu tun.«

»Oh, Harry!« begann Arilla. »Und du glaubst wirklich...«

»Es wäre sicherlich eine Möglichkeit«, unterbrach sie Harry, »denn deine einzigen Ausgaben wären dein Essen – und natürlich die großzügigen Trinkgelder, die das Personal dafür von dir erwarten kann, daß es dich gut betreut.«

Arilla jubilierte. Sie rückte näher an Harry heran und sagte: »Meinst du damit... Willst du damit wirklich sagen, daß... daß du so etwas... für mich tun würdest?«

»Ich halte das Ganze für eine dumme, verrückte, lächerliche Idee!« antwortete Harry. »Aber wahrscheinlich ist es immer noch besser als hierzubleiben und langsam Moos anzusetzen!«

»Ach, Harry ...!«

In Arillas großen Augen standen Tränen, die sie schließlich nicht mehr zurückhalten konnte.

Sie legte ihre Arme auf seine Knie, sah zu ihm auf und sagte mit zitternder Stimme: »Ich ... ich wußte immer, daß ich ... den nettesten ... besten ... Cousin auf ... der ganzen Welt habe!«

»Bedank dich bloß nicht zu früh!« sagte Harry schnell. »Wir haben uns zwar entschlossen, ins Rennen zu gehen, aber vor uns liegen verdammt viele Hindernisse, bevor wir am Ziel ankommen!«

Mit einer kindlichen Geste wischte Arilla mit dem Handrükken ihre Tränen fort und sagte: »Ich weiß, aber alles was ich gewinne, teilen wir.«

»Wie meinst du das?« fragte Harry, und sie meinte, einen unheilvollen Unterton in seiner Stimme zu hören.

»Nun sei nicht so stolz und dumm«, sagte sie. »Schon als wir Kinder waren, haben wir alles geteilt, und das werden wir auch jetzt tun. Ich will darüber gar nicht weiter diskutieren!«

»Aber ich!« rief Harry. »Also erkläre bitte etwas genauer, was du damit meinst.«

»Ich meine, wenn ich einen reichen Mann heirate, werde ich dafür sorgen, daß du all die Dinge bekommst, die du dir jetzt nicht leisten kannst.«

Harry wollte etwas sagen, aber sie hob ihre Hand und legte ihm die Finger auf die Lippen.

»Wir sind beide an dieser Sache beteiligt, Harry, egal wie sie ausgeht! Und wenn du dich weigerst, es so zu machen, wie ich will, dann werde ich eben hierbleiben und allein draußen im Garten sitzen und so lange weinen, bis ich – wie du ja schon vorgeschlagen hast – Moos ansetze.«

Gegen seinen Willen mußte Harry lachen. Dann sagte er:

»Es hat sowieso keinen Sinn, über etwas zu streiten, was vermutlich nie eintreffen wird. Und wenn ich dich in zwei Monaten immer noch am Hals habe, werde ich dich an einen Lumpensammler verkaufen müssen!«

»So schlimm wird es schon nicht werden«, meinte Arilla. »Und für mich ist es einfacher, wenn ich weiß, daß ich das alles nicht nur für mich tue.« Sie schwieg einen Moment und fuhr dann fort: »Es schmerzt mich einfach, mir vorzustellen, wie du auf anderer Leute Kosten leben mußt, weil du es dir sonst nicht leisten kannst, dich so zu kleiden, wie du es tust, eigene Pferde zu reiten und einen Lebensstil zu pflegen, der einem Gentleman zukommt!«

»Wenn du so weiterredest«, sagte Harry lächelnd, »breche ich gleich in Tränen aus. Hör auf, Arilla!« Ernster fuhr er fort: »Jetzt müssen wir uns aber in Ruhe zusammensetzen und dieses Spiel genau planen, damit wir keine Fehler machen. Sonst entführt dich womöglich ein Ungeheuer, oder ein wilder Drache frißt dich auf, sobald du in London ankommst!«

»Wenn... wenn du mir hilfst... werde ich nicht... nicht soviel... Angst haben«, sagte Arilla.

»Ich werde dir helfen, weil du mich darum gebeten hast«, antwortete er, »obwohl es, wenn die Sache schiefgeht, wirklich genug Grund gibt, mich ins Irrenhaus zu stecken!«

Sie lachten beide. Arilla füllte aus der Karaffe Harrys Glas und sagte: »Wir müssen auf unseren Erfolg anstoßen, aber weil es nur ein Glas gibt, werde ich es mit dir teilen müssen – was eigentlich eine symbolische Handlung ist, wenn man darüber nachdenkt!«

»Symbolisch – so ein Blödsinn!« gab Harry zurück. »*Knauserig* nennt man das, wenn du mich fragst!«

Sie lachten wieder, bis Harry sein Glas hob und sagte: »Auf die unvergleichliche Lady Lindsey! Möge sie alles erreichen, was sie sich erträumt!«

Er trank ein wenig von dem Claret, und dann nahm Arilla

das Glas, hielt es genau wie er in die Höhe und sagte: »Auf Harry, den Erzengel, der mir die Tore zum Paradies öffnen wird!«

Sie nahm nur ein Schlückchen von dem Wein und setzte das Glas auf den Tisch zurück. Ihre Augen blitzten vor Aufregung, als sie sagte: »Und jetzt mußt du mir genau sagen, was ich zu tun habe, damit ich auf keinen Fall einen Fehler mache!«

»Dafür werde ich schon sorgen«, sagte Harry. »Du wirst mir eben einfach gehorchen müssen!«

»Das habe ich getan, seit ich klein war! Du hast mich herumkommandiert, bis ich nicht mehr konnte und fast anfing zu weinen!« Arilla lächelte ihn an und fuhr fort: »Außerdem mußte ich immer den Ball werfen, wenn du Kricket trainiert hast, wie du dich vielleicht erinnerst – und ich mußte auch immer nach dem Ball laufen!«

Harry lachte. »Ich habe mich damals immer gefragt, wozu eigentlich Mädchen sonst noch gut sein könnten!«

»Und was denkst du jetzt, wofür Mädchen gut sein könnten?« fragte Arilla.

Er lächelte. »Das wirst du in London schon herausbekommen!«

Als sie zwei Wochen später in der Kutsche saß, die Harry ihr geschickt hatte, hatte Arilla das Gefühl, daß hundert Schmetterlinge in ihrer Brust herumflatterten. Obwohl es ein warmer Tag war, waren ihre Finger kalt.

Etwas ganz anderes war es gewesen, sich mit ihren Phantasien die langen, düsteren Tage zu vertreiben, während ihr Vater bewußtlos im oberen Stockwerk gelegen hatte und sie sich mit niemandem außer den alten Dienern hatte unterhalten können. Die aber hatten nur über ihren Rheumatismus geklagt und darüber, daß die Ärzte bei jedem Besuch soviel zusätzliche Arbeit verursachten. Wenn Arilla nicht ihre Träume gehabt hätte, wäre sie noch sehr viel unglücklicher gewesen, das wußte sie.

Ihre Träume hatten sie davor bewahrt, sich verlassen zu fühlen. Manchmal war eine ganze Woche vergangen, ohne daß sie außerhalb des Hauses mit irgend jemandem gesprochen hatte.

Jetzt, so erstaunlich und aufregend es auch war, wurde all das, was sie sich ausgemalt hatte, Wirklichkeit. Nur mit Mühe hielt sie sich davon ab, sich selbst in den Arm zu kneifen, um sicher zu sein, daß sie nicht träumte.

Harry war mit den Juwelen nach London zurückgekehrt. Er hatte ihr geschrieben, daß er, nach einiger Feilscherei, dafür tatsächlich etwas mehr erhalten habe, als sie erwartet hatten. Deshalb schickte er ihr ein Kleid mit passendem Hut, das sie auf der Reise tragen sollte.

Arilla hatte sich für seine Freundin, in deren Haus sie wohnen würde, interessiert, aber er hatte sehr geheimnisvoll getan. Sie hatte ihm einige Fragen gestellt, doch er hatte nur wenige beantwortet. Sie erfuhr, daß die Dame, die er offenbar sehr schätzte, in Paris den Herrn besuchte, der ihr das Haus geschenkt hatte. Es kam Arilla seltsam vor, daß ein Mann so viel für eine Frau ausgab, ohne mit ihr verheiratet zu sein. Zudem war Harrys Freundin, wie er selbst zugab, nicht gesellschaftsfähig – im Gegensatz zu Arilla, die von seinen eleganten Freunden empfangen werden würde.

Arilla war auf dem Land aufgewachsen und nie mit der *Beau Monde* in Berührung gekommen, und sie hatte nur eine unklare Vorstellung davon, daß es eine gewisse Art von Frauen gab, Schauspielerinnen zum Beispiel, die mit Herren wie Harry zum Essen ausgingen. Sie gehörten aber nicht zur besseren Gesellschaft, in der sie als Lady Lindsey glänzen wollte.

Arilla zweifelte nicht, daß sie sich richtig benehmen würde. Das lag daran, daß ihre Mutter, die kurz vor ihrem sechzehnten Geburtstag gestorben war, trotz ihrer Armut großen Wert auf gute Erziehung gelegt hatte. Obwohl die Mahlzeiten immer einfach gewesen waren, hatten sich ihre Eltern vor dem Abendessen stets umgekleidet. Sobald Arilla groß genug gewesen war, hatte sie dasselbe getan. Gab es einmal ein aufwendiges Gericht, schlüpfte ihre Mutter rasch in die Küche, um es selbst fertigzustellen. Erst dann trug es der alte Johnson im Eßzimmer auf, und Arillas Vater tat stets so, als wäre nichts geschehen. Dann kam die Mutter zurück. Ihr Gesicht war ein wenig gerötet, doch sie sah immer sehr hübsch aus, wenn sie sich an den Tisch setzte und das Gespräch genau dort wieder aufnahm, wo es abgebrochen worden war.

Arilla hatte auch gelernt, Gäste zu empfangen und sich um sie zu kümmern. Obwohl es meistens nur der Pfarrer, der Arzt oder jemand aus dem Dorf war, bestand ihre Mutter darauf, daß sie sich korrekt benahm. Sie lernte, gewöhnliche Gäste mit der gleichen Zuvorkommenheit zu begrüßen, mit der sie die Gattin des Bezirksvorstehers oder die vornehmere Verwandtschaft ihres Vaters empfangen hätte. Wenn sie einmal einen Fehler machte, wies ihre Mutter sie später darauf hin.

»Wenn dir jemand vorgestellt wird, mußt du ihn immer ansehen, Liebling«, sagte sie etwa. »Schüchternheit ist keine Entschuldigung dafür, auf den Boden zu starren. Das ist unhöflich, etwa so, als würde man sich die Hände nicht im genau richtigen Winkel geben.«

Arilla hatte gelernt, wie sie vor der Königin einen Hofknicks machen mußte – falls das Wunder, auf das ihre Mutter so sehr hoffte, je eintreffen und sie bei Hof vorgestellt würde.

Wenn schon nicht der Königin, so würde sie ja vielleicht wenigstens dem Prinzregenten vorgestellt werden, was Arilla jetzt viel aufregender erschien. Vielleicht, dachte sie, während die Kutsche sie London immer näher brachte, würde sie den Prinzregenten kennenlernen, denn Harry war doch ein Freund von ihm. Man sagte allerdings von ihm, daß er ältere Frauen bevorzuge. Sogar bis in ihr Dorf war das Gerücht gedrungen, daß er vor seiner Ehe mit der Prinzessin Caroline von Braunschweig – die eine Katastrophe gewesen war – schon einmal heimlich geheiratet hatte. Obwohl es fast unglaublich war, hieß es, die

Auserwählte sei eine Mrs. Fitzherbert gewesen, die älter war als Seine Königliche Hoheit.

Mit wem auch immer er verheiratet war, es wäre trotzdem aufregend, ihn kennenzulernen! dachte Arilla. Doch dann fiel ihr wieder ein, daß sie sich darauf konzentrieren mußte, einen reichen Ehemann zu finden.

Und wenn ich einen habe, werde ich sofort dafür sorgen, daß Harry seine Schulden zurückzahlen kann – und wenigstens ein Pferd werde ich ihm schenken und einen Stallburschen anstellen, der sich um das Tier kümmert.

Sie wußte, wie wenig es Harry gefiel, sich für jeden Besuch in Little Marchwood von seinen Freunden einen Wagen ausleihen zu müssen. Sie wußte, er war ein großartiger Reiter. Und sie war sehr stolz auf ihn gewesen, als er nach der Schlacht bei Waterloo vom Herzog von Wellington mit einer Tapferkeitsmedaille ausgezeichnet worden war.

»Es ist wirklich ein Jammer, daß Harry den Dienst quittieren muß«, sagte ihr Vater, als der Krieg vorbei war.

»Warum muß er das, Papa?« hatte Arilla gefragt.

»Weil er sich das Regiment nicht leisten kann.« Er seufzte ein wenig und fügte hinzu: »Es ist meine Schuld. Er hätte in einem Fußregiment Dienst nehmen sollen, das wäre billiger gewesen.« Und nach einer Pause sagte er: »Aber er ritt so gut und sah so stattlich aus. Ich wollte ihn in meinem eigenen Regiment sehen, weil ich wußte, er würde sich dort einen Namen machen.«

Ja, Harry muß Pferde haben! dachte Arilla bei sich. Seine Verwandten haben ihm nie geholfen, aber ich werde dafür sorgen, daß mein Mann ihn genauso gernhaben wird wie ich.

Sie dachte gern über Harry nach. Unsere Tür wird ihm immer offenstehen, er wird immer reiten können und einen Platz haben, wohin er seine Freunde einladen kann.

Sie fand es schwierig, sich ein Bild von dem Mann zu machen, den sie heiraten würde. Vielleicht würde es ein gütiger, älterer Herr sein – jemand wie ihr Vater, der, wie ihre Mutter zu sagen pflegte, sein letztes Hemd fortgegeben hätte, wenn sie es nicht verhindert hätte.

»Dein Vater hätte ein reicher Mann sein müssen«, sagte sie einmal zu Arilla und erklärte: »Er ist so freundlich und großzügig in allen seinen Gedanken, Worten und Taten, und deshalb, mein Schatz, liebe ich ihn.«

»Aber dann ist er doch reich!« rief Arilla aus.

Ihre Mutter lächelte. »Ich weiß, wir haben so viel mehr, als man für Geld je kaufen könnte.«

Sie bemerkte, daß Arilla verwirrt aussah, und sagte: »Ich spreche von der Liebe. Von der Liebe, die ich für deinen Vater empfinde und die er für mich empfindet und die wir beide, mein Liebling, für dich empfinden. Ich danke Gott jeden Tag für meine zauberhafte kleine Tochter.«

Als ihre Mutter starb, war es Arilla, als habe der Sonnenschein das Haus verlassen. Und sie wußte, daß ihr Vater nie mehr sein würde wie früher. Zuerst war er sehr verschlossen gewesen, dann hatten sich sein Wesen und sein Verhalten völlig verändert. Er war ein tollkühner Reiter geworden, er trank zuviel und war oft heftig und unfreundlich zu ihr, weil sie – das wußte sie – aussah wie die geliebte Frau, die er verloren hatte.

Als er seinen Unfall hatte, war sie sicher, daß er wieder sehr unvorsichtig geritten war, weil das den Schmerz in seinem Innern ein wenig zu lindern schien. Sie hatten ihn auf einem alten Gatter nach Haus gebracht, weil das die beste Möglichkeit war, ihn zu tragen. Zuerst hatte Arilla verzweifelt geweint. Sie konnte einfach nicht glauben, daß sie ihren Vater so kurz nach ihrer Mutter verlieren sollte.

»Bitte, lieber Gott, laß ihn nicht sterben!« betete sie. »Wenn er stirbt, bin ich ganz allein... ganz allein...«

Das Leben verließ ihren Vater nur langsam. Er war nicht mehr er selbst, sondern nur noch ein Körper, dessen Seele längst davongeflogen war. Sie wußte, daß sein Tod eine Erlösung wäre – nicht nur für ihn, sondern auch für sie selbst. Es war furchtbar, ihn so still liegen zu sehen, das Gesicht so schön wie immer, und doch zu wissen, er konnte sie nicht hören, wenn sie etwas sagte, und würde nicht antworten. Wann immer die Ärzte kopfschüttelnd aus seinem Zimmer kamen, wußte sie, daß es nichts gab, was sie für ihn tun konnten.

Als die Wochen sich zu Monaten dehnten, hatte sie das Gefühl, sie würde nicht nur ihn verlieren. Ihr war, als würde sie selbst vom Leben abgeschnitten, als wäre auch sie nur noch ein seelenloser Körper. Dann, als würde ihre Mutter sie trösten, begann sie zu beten. Wenn sie einmal frei wäre, betete sie, würde sie sich von der Enge des Lebens, das sie führte, nicht besiegen lassen.

Ich werde leben, Mama, so leben, wie du es immer für mich gewollt hast, wenn wir es uns hätten leisten können. Und wenn es nur für kurze Zeit ist, ein paar Wochen, einen Monat – alles kann sich ändern.

Diesem Gedanken fügte sie immer neue Einzelheiten hinzu. Jede Bewegung, jeden Schritt überlegte sie, den sie tun würde, um in der Gesellschaft zu glänzen. Weil sie wußte, daß es ihrer Mutter gefallen hätte, übte sie vor dem Spiegel die Bewegungen, die sie sie gelehrt hatte. Sie versuchte, ihre Hände anmutig zu bewegen, anmutig zu gehen und zu sprechen.

Sie zwang sich, am Geschehen im Dorf Anteil zu nehmen, zu verfolgen, was im Parlament vor sich ging, und zu verstehen, was in England wichtig war. Das war nicht einfach, denn weil jeder Penny zählte, wäre es Verschwendung gewesen, Zeitungen zu kaufen. Aber sie wußte, daß der Pfarrer eine Zeitung las und der pensionierte Bankdirektor, der im Dorf lebte, eine andere. Ein drittes Blatt – einen ziemlich ›ordinären Fetzen‹, wie ihr Vater es genannt hatte – las der Metzger. Sie hatte es als peinlich und irgendwie demütigend empfunden, diese drei Männer zu bitten, ihre Zeitungen für sie aufzuheben, wenn sie sie ausgelesen hatten. Mit dem Pfarrer hatte sie ausgemacht, daß sie sich sein Exemplar der *Times* abholen könne, wenn es drei Tage alt war. Der pensionierte Bankdirektor brauchte nur zwei Tage für die *Morning Post.* Der Metzger versprach ihr, daß sie das wöchentlich erscheinende *Reformists Register* jeweils eine Woche später haben könne, und daß er versuchen würde, daran zu denken und nicht etwa Fleisch darin einzuwickeln. Manchmal vergaß er es doch. Weil er aber ihren Vater sehr gemocht und ihre Mutter immer zuvorkommend bedient hatte, entschuldigte er sich dafür jedes Mal. Er gab ihr dann immer die Zeitung, von der Arilla annahm, daß er sie selbst noch gar nicht ausgelesen hatte.

Sie machte sich darüber aber nicht viele Gedanken, weil es für sie eine große Freude war zu erfahren, was draußen in der Welt geschah. Manchmal kam es ihr vor, als befinde sich das Dorf, in dem sie lebte, auf einem anderen Planeten. Ihr fielen eine Menge kluger Fragen ein, die sie einmal stellen würde, wenn jemand da wäre, der sie beantworten konnte. Sie war sicher, daß die Herren und Damen, mit denen Harry verkehrte, alle geistreich und amüsant waren, und das wollte sie auch sein. Sie hoffte und betete um eine Gelegenheit, unter diesen Leuten, die so anders waren als alle, die sie je getroffen hatte, glänzen zu können.

Hilf mir, Mama – ich werde… deine Hilfe brauchen! sagte sie im Herzen zu ihrer Mutter.

Sie dachte daran, wie gut ihr Vater wohl ausgesehen hatte, als er jung und bei der Leibgarde gewesen war, und hoffte, daß auch er sie verstehen würde.

Jetzt wurde das Wunder, auf das sie so gehofft hatte, Wirklichkeit. Sie war auf dem Weg nach London.

Die Kutsche, die Harry ihr geschickt hatte, war sehr elegant. Der Kutscher trug eine Pelerine mit großem Kragen und der Stallknecht eine vornehme Livree.

Sie stellte sich vor, daß dies die Karosse sei, die sie quer durch den Himmel in das Herz der Sonne bringen würde.

Ich muß aussehen und mich fühlen wie eine Göttin, sagte sie

zu sich selbst und dachte, daß sie sich in ihrem neuen Kleid schon jetzt wie eine Göttin fühlte.

Harry hatte ihr ein Kleid ausgesucht, das sich sehr von den schlichten Musselinkleidern unterschied, die sie zu Haus immer getragen hatte und die fadenscheinig und verschlissen waren, wenn sie nicht gar aus ihnen herausgewachsen war. Das neue Kleid war aus himmelblauer Seide und in einem komplizierten Muster mit Litzen besetzt. Es hatte lange Ärmel mit Rüschen, die über ihre Hände fielen. Die Taille wurde noch so hoch getragen wie während des Krieges.

Arilla hatte gehört, daß die Verzierungen an Kleidern immer reicher und üppiger wurden. Auch der Hut war anders als alles, was sie in Little Marchwood je gesehen hatte. Er hatte blaue Bänder, die sie unter ihrem Kinn zusammenband. Die Krempe war mit Seide eingefaßt, und kleine, gekräuselte Straußenfedern krönten den Aufsatz.

Als sie sich selbst im Spiegel betrachtete, konnte sie kaum glauben, daß das fremde Wesen dort sie selbst sein sollte. Doch ohne jede Überheblichkeit sah sie, wie hübsch sie war.

Ich werde Harry nicht enttäuschen, dachte sie.

Draußen wartete die von zwei edlen Pferden gezogene Kutsche. Als sie die Treppe hinunterschritt, dachte Arilla, daß dies der Beginn eines großen Abenteuers sei. Was auch immer geschehen mochte, sie würde es sicher nie bereuen, sich darauf eingelassen zu haben.

## 2. KAPITEL

Die Kutsche fuhr vor einem zauberhaften Haus in Islington vor. Arilla war so aufgeregt, daß sie sich einen Moment lang nicht von der Stelle rühren konnte. Der Stallbursche sprang von seinem Tritt und läutete. Die Haustür öffnete sich.

Es entstand eine kleine Pause, bis Arilla sehr elegant aus der Kutsche gestiegen war. Ein nett aussehendes Hausmädchen mit rüschenbesetzter Schürze und Häubchen wartete darauf, sie ins Haus zu führen.

»Guten Morgen!« sagte sie, und das Hausmädchen knickste.

»Guten Morgen, Mylady! Ich hoffe, Sie hatten eine gute Reise?«

»Sehr gut, danke.«

Sie war nicht sicher, ob sie den Kutscher und den Stallknecht entlassen sollte oder ob diese warten würden. Deshalb ging sie einfach in die Halle und fragte: »Ist Mr. Vernon hier?«

»Er wartet im Salon auf Eure Ladyschaft«, sagte das Hausmädchen und ging ihr voran.

Für Arilla war es schwer, ihr langsam zu folgen, anstatt so schnell wie möglich zu Harry zu laufen. Sie hatte plötzlich Angst vor dem, worauf sie sich eingelassen hatte. Sie wußte, daß sie ihre Sicherheit nur wiedergewinnen konnte, wenn sie sich an ihm festhielt und ihn sagen hörte, daß alles gut werden würde.

Der Raum, in den sie geführt wurde, war sehr elegant und hatte eine hübsche Aussicht auf den kleinen rückwärtigen Garten. Harry stand am Fenster, doch Arilla war ganz sicher, daß er vom Anblick des Gartens nichts wahrnahm, sondern darüber nachdachte, was sie jetzt, wo sie angekommen war, tun sollten.

»Lady Lindsey, Sir!« meldete das Mädchen.

Harry wandte sich um, und jetzt konnte Arilla quer durch den Raum auf ihn zu rennen.

»Ich bin... hier! Ich... bin hier!« rief sie. »Oh, Harry... glaubst du... wir haben einen... Fehler gemacht?«

Harry lächelte und hielt sie bei den Schultern auf Armeslänge von sich ab.

»Laß dich ansehen!« sagte er.

Arilla sah unruhig zu ihm auf. Ihre Augen blickten ängstlich, als er erst ihr Gesicht und dann ihr Kleid genau musterte.

»Perfekt!« sagte er. »Genauso hatte ich mir das vorgestellt.«

»Oh, Harry, bist du sicher?«

»Ganz sicher«, antwortete er, »und du mußt an dich selbst glauben, Arilla, sonst schaffst du es nicht, ihnen etwas ›vorzumachen‹, wie man so schön sagt.«

»Oh, ich werde mir Mühe geben! Ganz bestimmt!« sagte Arilla. »Aber ich hatte solche Angst, dich... zu enttäuschen.«

»Es wäre wohl eher so, daß du dich selbst enttäuschst«, antwortete er. »Was hältst du von dieser Umgebung?«

Im ersten Moment begriff sie nicht, daß er das Haus meinte. Dann betrachtete sie den großen, hohen Raum, der die ganze Breite des Hauses einnahm. Die Möbel, mit blauem Brokat bezogen, verrieten einen ausgezeichneten Geschmack. Von der Decke hing ein eleganter Kristallüster, und an den Wänden erblickte sie mehrere eindrucksvolle Bilder. Arilla vermutete, es seien Kopien von Bildern aus der Nationalgalerie oder aus anderen europäischen Hauptstädten.

»Es ist gar nicht so übel!« meinte sie, und Harry lachte über ihren Versuch, seine Ausdrucksweise nachzumachen.

»Das ist es wohl«, sagte er. »Barlow ist für seinen exzellenten Geschmack bekannt.«

»Barlow?« fragte sie.

»So heißt der Herr, der dein Gastgeber ist, obwohl er nichts davon weiß.«

Arilla war verwirrt.

»Hattest du nicht gesagt, daß eine Dame hier wohnt?«

Eine kleine Pause entstand, bis Harry lässig sagte: »Wo liegt da schon der Unterschied? Aber falls du gefragt wirst: Dies ist Lord Barlows Haus, und er hat es dir vermietet, während er auf dem Kontinent ist, weil er deinen Mann gut kannte.«

Arilla holte tief Luft. »Ich hoffe nur, daß ich mir das alles merken kann!«

»Das wirst du«, sagte Harry zuversichtlich. »So, und nun brauchst du zuallererst ein paar neue Kleider.« Er zögerte einen Moment und fuhr fort: »Ich habe schon eine Schneiderin bestellt. Sie kommt gleich nach dem Lunch.«

»Hierher?« fragte Arilla überrascht. »Ich dachte, wir gehen in einen Laden.«

»Das wäre ein Fehler. Ich will nicht, daß irgend jemand dich sieht, bevor du deinen großen Auftritt hast.«

»Du machst dich über mich lustig!« sagte Arilla verzagt. »Und wann... soll das geschehen?«

»Morgen abend«, erwiderte Harry. »Ich werde dich einer der wichtigsten Gastgeberinnen von London vorstellen.« Er blickte sie an und fügte hinzu: »Wenn du einen guten Eindruck auf sie machst – und das ist sehr wichtig, kann sie dir eine Einladung für *Almack's* verschaffen.«

Arilla wußte, daß *Almack's* der wichtigste und exklusivste Club von London war. Dort war es, wo sich die Angehörigen der *Beau Monde* trafen, zu denen auch Harry gehörte. Wenn sie bei *Almack's* empfangen wurde, würde sie in jeder Familie Englands empfangen werden.

Schüchtern fragte sie: »Wen... werde ich denn morgen abend kennenlernen?«

»Die Gräfin von Jersey«, antwortete Harry. »Sie ist eine

schwierige Frau und sehr launisch. Mit ihr ›stehst oder fällst‹ du, deshalb ist sie so wichtig.«

Was Harry sagte, trug nicht gerade zu Arillas Selbstvertrauen bei. Auch als sie sich im Eßzimmer zu einem delikaten Lunch niedersetzten, blieb sie verzagt. Harry dagegen fand offenkundig Gefallen an den vorzüglichen Speisen.

Erst als die Bedienung das Zimmer verlassen hatte, fragte Arilla flüsternd: »Wieviel kostet das alles hier? Es muß schrecklich teuer sein!«

»Überlaß all diese Dinge mir«, sagte Harry. »Zu deinem Haushalt gehören ein Stubenmädchen, eine Köchin und ein Hausmädchen – lauter Frauen!« Er lachte und fuhr fort: »Offenbar bringt Barlow, wenn er herkommt, seinen eigenen Diener mit, also wirst du ohne Butler auskommen müssen!«

Wieder fand Arilla es sehr verwirrend, daß Harry von Lord Barlow so sprach, als käme er nur zu gelegentlichen Besuchen hierher, obwohl es doch sein eigenes Haus war. Sie dachte aber, daß es sicher ein Fehler wäre, wenn sie zu viele Fragen stellte.

Vor dem Lunch war Arilla auf ihr Zimmer gegangen, um sich zurechtzumachen und ihren Hut abzulegen. Sie hatte noch nie etwas so Verführerisches gesehen wie die seidenen Bettvorhänge und den Toilettentisch mit seinem seidenen Besatz. Die Spiegel schienen den Raum zu vergrößern. Arilla konnte sich kaum bewegen, ohne ihr eigenes Bild aus einem Dutzend verschiedener Winkel gleichzeitig zu sehen.

Das Hausmädchen, das ihr zur Hand ging, war eine hübsche junge Frau und offensichtlich sehr beeindruckt von Arillas Titel.

»Wie sehe ich aus?« fragte Arilla sie, als sie fertig war und hinuntergehen wollte.

»Sie sehen wundervoll aus, Mylady. Wie eine richtige Dame, wenn ich das sagen darf!«

Arilla kam diese Bemerkung seltsam vor, aber sie sagte

nichts. Sie war Harry so dankbar, weil er dieses Haus gefunden hatte, daß sie auch ihn nach einer Erklärung zu fragen vergaß.

Erst als der Lunch vorüber war und sie sich in den Salon zurückgezogen hatten, sagte Arilla ein wenig ängstlich: »Wir müssen sehr darauf achten, nicht zu viel Geld für meine Kleider auszugeben. Es wäre sehr schade, wenn das alles hier schneller vorbei wäre, als wir uns vorgestellt haben.«

»Ich habe«, sagte Harry, »der Schneiderin versprochen, daß du allen, die deine Kleider bewundern, erzählst, wer sie für dich entworfen hat.« Er zögerte und fügte hinzu: »Die Schneiderin hat eine ganze Menge Kleider für die Dame gearbeitet, die sonst hier wohnt.«

Arilla sah ihn fragend an, und er erklärte: »Um es ganz deutlich zu sagen, sie erwartet von dir, daß du dich erkenntlich zeigst, indem du ihr neue, wichtige Kundinnen zuführst. Die meisten, für die sie bisher geschneidert hat, waren Ko...«

Im letzten Moment unterbrach er sich und sagte rasch: »...Schauspielerinnen.«

»Jetzt verstehe ich, was du meinst«, sagte Arilla. »Sie glaubt, ich sei eine Dame von Welt, und deshalb hofft sie, durch mich an die Damen des *Beau Ton* heranzukommen.«

»Genau!« antwortete Harry.

»Aber... wenn mich nun... niemand bewundert?«

»Das werden sie«, sagte Harry überzeugt, »und wir müssen dafür sorgen, daß sie es tun.«

Die Schneiderin kam, und Arilla war überrascht, weil sie noch ziemlich jung war und sehr hübsch.

»Nun, da bin ich, Mr. Vernon«, sagte sie, als Harry ihr die Hand gab. »Sie haben mich mal wieder dazu überredet, Ihnen einen Gefallen zu tun.« Sie lachte, als sie hinzufügte: »Auf dem Weg hierher habe ich mich gefragt, warum ich bloß schon wieder auf Ihre Schmeicheleien hereingefallen bin!«

»Jetzt sind Sie ungerecht, Liza!« meinte Harry vorwurfsvoll.

»Ich verspreche Ihnen, es wird Ihr Schaden nicht sein, wenn Sie Lady Lindsey zu dem Erfolg verhelfen, der ihr zukommt.«

Die Schneiderin wandte sich Arilla zu und musterte sie prüfend. Mit einem einzigen raschen Blick schien sie ihr Gesicht, ihr Haar und ihre Figur genau erfaßt zu haben. Dann lächelte sie, knickste und sagte zu Harry: »Na schön, Sie haben gewonnen!«

Arilla hatte sich immer vorgestellt, wie aufregend es sein müsse, Kleider zu kaufen, wenn man das Geld dazu hatte. Aber sie hatte nicht geahnt, wie anstrengend es war. Nacheinander hatte sie mehr als ein Dutzend Kleider, die die Schneiderin mitgebracht hatte, anprobiert. Ihre Füße schmerzten, weil sie wieder und wieder die Treppe zu ihrem Schlafzimmer hinauf- und hinuntergelaufen war. Sie wollte sich nur noch setzen und ausruhen.

Das hier war anstrengender als den ganzen Tag zu reiten, fand Arilla, ja sogar anstrengender, als sich um ihren Vater zu kümmern, was schwer genug gewesen war.

Gleichzeitig nahm sie an Harry einen ganz neuen Zug wahr. Sie hatte keine Ahnung, woher er so viel über das Äußere einer Frau wissen konnte. Er schlug kleine Änderungen und Ergänzungen vor, und zu Arillas großem Erstaunen stimmte ihm Liza jedesmal zu.

»Nein, warum bin ich nur nicht selbst darauf gekommen?« fragte sie Harry, als er ein paar Verbesserungen für ein hellgrünes Ballkleid aus Gaze anregte, das aussah wie die ersten zarten Blätter des Frühlings. Er bestand darauf, daß es viel besser aussehen würde, wenn man den Saum mit hellen Wasserlilien besetzen und auch zwei kleinere an den Schultern anbringen könnte.

»Sie haben recht! Natürlich haben Sie recht!« rief Liza, als Harry ein Kleid völlig ablehnte. Er sagte, es wäre für Arilla zu alt und zu langweilig, und sie sähe darin aus wie die Frau eines Ratsherrn aus der Provinz. Aber die meisten der Kleider standen ihr so gut, daß Arilla zu überlegen anfing, welches sie nehmen sollte. Sie konnte nicht sagen, ob ihr eines wirklich besser gefiel als die anderen.

Nachdem er zwei der Kleider, die Liza mitgebracht hatte, verworfen hatte, sagte Harry schließlich, sie würden den Rest nehmen. Arilla starrte ihn entgeistert an.

»Meinst du... wirklich... ich sollte sie... alle... nehmen?« fragte sie mit einer Stimme, die nicht ihr zu gehören schien.

»Wir brauchen natürlich noch ein paar«, sagte Harry. »Liza wird dir morgen Entwürfe und Muster davon bringen.«

»A... aber... ich kann doch nicht... das... ist unmöglich!« widersprach Arilla heftig. Aber als Harry sie anlächelte, schwieg sie hilflos.

Harry und die Schneiderin verabredeten, daß zwei der Kleider noch am selben Abend geliefert würden und die meisten anderen am folgenden Tag vor dem Lunch.

Erst als Liza gegangen war und die Mädchen ihre Kleider in die draußen wartende Kutsche brachten, sagte Arilla zu Harry: »Bist du verrückt? Wie können wir uns jemals all diese Kleider leisten? Ich werde nicht einmal die Chance haben, sie alle zu tragen!«

Harry schloß die Tür und kam auf sie zu. Sie stand auf dem Teppich vor dem Kamin und wirkte so ängstlich, daß sie sogar ein wenig zitterte.

»Jetzt hör mir mal gut zu, Arilla«, sagte er. »Entweder läßt du mich hier die Verantwortung übernehmen, oder du machst alles, wie du es willst, und dann überlasse ich es eben dir.«

Arilla stieß einen Schreckensschrei aus. »Nein, nein... Das habe ich nicht gemeint! Du weißt, daß ich allein nicht... zurechtkäme! Aber... all diese Kleider werden... ein Vermögen kosten!«

»Das sich die ›reiche Lady Lindsey‹ ja wohl leisten kann!« sagte Harry betont.

Aber als er bemerkte, wie ängstlich sie ihn anstarrte und wie jung sie wirkte, sagte er: »Überlaß alles mir! Ich verspreche dir, alles wird gut, und du wirst dich nicht plötzlich hochverschuldet und von Gläubigern bedrängt wiederfinden!«

»A... aber wir haben... so wenig Geld.«

»Weißt du denn nicht«, fragte Harry, »daß es die Sprotte ist, mit der man die Makrele fängt? Aber die Sprotte muß hübsch sein und vor allem sehr reich wirken!«

Arilla sagte nichts, und er legte ihr tröstend den Arm um die Schultern.

»Mach dir keine Sorgen«, sagte er. »Du wirst großen Erfolg haben, und wenn du erst einmal deinen Prinzen gefunden hast, wird das ganze Märchen wahr, und du wirst glücklich sein für alle Zeit!«

»Vielleicht verlange ich... zu viel!« sagte Arilla zaghaft.

»Unsinn!« sagte Harry entschieden. »In dem Moment, wo du hier ankamst, wußte ich, daß wir auf das richtige Pferd gesetzt haben!«

»Bist du... sicher?« flüsterte Arilla.

Harry sah sie an und sagte: »Um ehrlich zu sein, es fängt an, mir zu gefallen!« Er zögerte und fügte dann hinzu: »Und was mir ganz besonders gefällt, ist, einmal all diese Leute täuschen zu können, die so selbstsicher und zufrieden mit sich sind, daß sie wirklich glauben, sie wüßten alles.« Er lächelte und sagte: »Und wenn es uns gelingt, sie an der Nase herumzuführen, werden wir bestimmt unseren Spaß haben!«

Seine Stimme klang so fröhlich, daß Arilla wieder etwas Mut faßte.

»Glaubst du wirklich... daß wir... das schaffen?« fragte sie.

»Wenn ich mir dich so anschaue, bin ich sogar sicher!« antwortete Harry. »Weißt du, was Liza zu mir sagte, als sie ging?«

Harry machte eine Pause, um dem, was er sagen wollte, noch größeren Nachdruck zu verleihen. »Liza sagte zu mir: ›Sie sind auf dem richtigen Weg, Mr. Vernon. Sie ist reich, und sie ist die hübscheste Person, die ich seit langem gesehen habe! Passen Sie gut auf, damit Sie sie nicht verlieren!‹«

Arilla holte tief Luft.

»Hat sie das wirklich gesagt?«

»Das hat sie. Und nachdem du deine Kleider bei ihr gekauft hast, kannst du sicher sein, daß sie mit dir bei allen ihren Kunden angeben wird.« Er fügte hinzu: »Spätestens morgen früh werden eine ganze Menge Leute von dir sprechen.«

»Das klingt erschreckend«, sagte Arilla, »aber gleichzeitig auch aufregend!«

»Es *ist* aufregend!« stimmte Harry zu. Er zögerte einen Moment und sagte dann: »Aber denk daran – worauf es wirklich ankommt, ist, daß wir unsere Rollen überzeugend spielen. Niemand darf auch nur den kleinsten Verdacht schöpfen!«

Arilla dachte einen Moment nach. Dann sagte sie: »Wenn ich aber so reich sein soll... wird dann nicht Liza... oder wie sie auch heißt... es seltsam finden... daß du mit ihr über den Preis meiner Kleider gehandelt hast?«

»Mach dir darüber keine Sorgen«, sagte Harry. »Ich habe Liza erklärt, daß du zwar reich bist, daß aber dein verstorbener Mann ein ganz schäbiger Kerl war. Ich sagte ihr, er habe dir immer nur wenig Geld für deine Kleidung bewilligt, und du hättest dich noch nicht daran gewöhnt, jetzt ein großes Vermögen ausgeben zu können.« Er lächelte. »Ich habe ihr eingeredet, was für ein großer Fehler es wäre, würde sie dich jetzt mit den Londoner Preisen erschrecken, die sich so sehr von allem unterscheiden, was du auf dem Land je bezahlt hast.«

Arilla überlegte eine Weile. Dann sagte sie: »Das Kleid, das ich anhatte, als ich hier ankam, sah sehr teuer aus. Und du hast mir noch nicht gesagt, wieviel du für den Hut bezahlt hast, der dazugehörte.«

»Darüber brauchst du dir keine Gedanken zu machen«, sagte Harry. »Das hat gar nichts gekostet.«

»Nichts? Was meinst du damit?« fragte Arilla forschend.

»Ich habe die Sachen von einer meiner weniger gesellschaftsfähigen Freundinnen geborgt«, erwiderte Harry. »Und sobald du deine eigenen Sachen hast, Arilla, werde ich sie zurückbringen.«

»Oh, Harry, wie *konntest* du? Und wie kann ich mich der Dame, der die Sachen gehören, erkenntlich zeigen?«

»Das werde ich für dich übernehmen«, versprach Harry. »Sie ist übrigens, genau wie die Freundin, die in diesem Haus wohnt, auch jemand, dem ich dich nicht vorstellen möchte.«

»Und trotzdem… sind sie… Freundinnen von dir?«

»Das ist etwas anderes, wie du selbst weißt.«

»Ich nehme an, du meinst, daß sie Schauspielerinnen sind«, sagte Arilla und dachte bei sich, daß das erklären würde, warum die Dame, um die es ging, so schöne Kleider hatte.

Es entstand eine kleine Pause, bevor Harry sagte: »Das ist richtig.«

Weil sie ihn so gut kannte, hatte Arilla den Verdacht, er würde lügen, aber sie verstand nicht warum.

Als Harry sich von ihr verabschiedete, um in seine Wohnung zu gehen und sich umzuziehen, versprach er, daß er zum Abendessen zurückkommen werde.

»Das wäre schön, wenn es dich nicht schrecklich langweilt, mit mir allein zu sein«, sagte Arilla kleinlaut. »Aber wenn du etwas vorhast, komme ich auch allein zurecht.«

»Ich werde mich opfern!« antwortete er leichthin. »Und ich muß dir tatsächlich einiges über die Leute erzählen, die du morgen kennenlernen wirst.« Er zögerte und sagte dann: »Es ist wichtig, gut vorbereitet zu sein. Ich möchte verhindern, daß du irgendwelche Fehler machst, die peinlich wirken könnten.«

»Nein, nein! Natürlich nicht!« sagte Arilla rasch.

Als Harry gegangen war, ging sie ziemlich müde auf ihr Zimmer. Das Hausmädchen, das Rose hieß, schlug ihr vor, sich ein wenig hinzulegen, bevor sie ihr ein Bad vorbereitete. Ein solcher Luxus schien Arilla so verlockend, daß sie tat, was man ihr sagte. Sobald sie den Kopf auf das Kissen gelegt hatte, war sie eingeschlafen.

Das war kein Wunder, denn sie hatte fast die ganze vorige Nacht wachgelegen und sich nicht nur um die Zukunft gesorgt, sondern auch über das, was sie zurückließ. Sie hatte den Johnsons ihren kargen Lohn ausgezahlt und ihnen all das Bargeld gegeben, das sie bei sich trug, damit sie Lebensmittel einkaufen konnten. Sie war entschlossen, Harry zu fragen, ob sie ihnen nicht jede Woche eine kleine Summe schicken konnte. Arilla wußte nur zu gut, daß schon seit langem für drei Personen eigentlich nicht genügend Essen im Haus gewesen war, zumal darüber hinaus ihr Vater noch mit dem hatte versorgt werden müssen, was die Ärzte verordneten.

Sobald ich einen reichen Mann heirate, sagte sie zu sich, werde ich den Johnsons eine großzügige Pension zahlen.

Ihre Gedanken beschäftigten sich weiter mit ihnen. Entweder können sie im Herrenhaus wohnen bleiben, oder ich werde ihnen im Dorf ein Häuschen besorgen.

Sie dachte mit einem Seufzer daran, wie viele Dinge es gab, die sie, wenn dieser reiche Mann erst einmal Gestalt angenommen hatte, mit seinem Geld tun wollte. Da waren Leute wie der Kaufmann oder der Metzger, die immer freundlich gewesen waren und ihr Kredit gegeben hatten, wenn ihre Lage noch schwieriger war als gewöhnlich. Sie würde sie mit einem Geschenk belohnen oder, wenn das möglich war, ihnen so viel Geld geben, daß es für einen Urlaub reichte. Sobald sie sie zu zählen begann, fielen ihr tatsächlich mindestens ein Dutzend Leute ein, die sie an ihrem zukünftigen Glück teilhaben lassen wollte. Doch sie hatte das ungute Gefühl, daß das, was sie für andere ausgeben wollte, sich auf eine erkleckliche Summe belaufen würde. Es wäre verhängnisvoll, wenn ihr zukünftiger Gatte sich als kleinlich und knauserig erweisen würde.

In diesem Fall würde ich ihn nicht heiraten! sagte sie fest

zu sich selbst und überlegte, ob ihr in dieser Angelegenheit irgendeine Wahl bliebe.

Rose weckte sie, weil ihr Bad bereit war. Die Wanne war ins Schlafzimmer gebracht und vor dem gerade im Kamin entzündeten Feuer abgesetzt worden. Kannen mit heißem und kaltem Wasser standen daneben, und Arilla bekam das Gefühl, tatsächlich die Prinzessin in einem Märchen zu sein.

Nachdem sie eines der Abendkleider angezogen hatte, die Harry für sie von Liza gekauft hatte, war sie sich dessen sogar ziemlich sicher. Nie hatte sie sich träumen lassen, daß sie so bezaubernd aussehen könnte, so anders als das Mädchen mit den unordentlichen Haaren, das alte Baumwollkleider trug und sein ganzes Leben in Little Marchwood verbracht hatte.

Das Gazekleid, das ihre schlanke Figur wundervoll zur Geltung brachte, war nach ihrem Gefühl unanständig tief ausgeschnitten. Aber dennoch war es so elegant, daß sie fürchtete, das Bild, das sie im Spiegel sah, wäre nur eine Einbildung und sie würde im nächsten Moment in die Wirklichkeit zurückgerufen.

Als sie hinunterging, um auf Harry zu warten, konnte sie ihr Ebenbild in den vergoldeten Rahmen der Spiegel im Salon sehen. Sie mußte sich zusammennehmen, nicht vor ihnen zu posieren und sich selbst zu bewundern.

An den Abenden wurde es immer noch kühl, obwohl es am Tag warm gewesen war. Deshalb war im Salon ein Feuer entzündet worden. Sie stand vor dem Kamin, als die Tür sich öffnete. Ihr Herz machte einen kleinen Sprung, weil sie dachte, Harry wäre angekommen.

Statt dessen meldete das Stubenmädchen: »Lord Rochfield, Mylady!«

Zu Arillas Überraschung betrat ein vornehm aussehender Mann das Zimmer. Der Gedanke schoß ihr durch den Kopf, daß Harry ihn eingeladen haben könnte, mit ihnen zu essen.

Doch als er näher kam, bemerkte sie, daß er sie ebenso überrascht anblickte wie sie ihn.

»Guten Abend!« sagte er, als er vor ihr stand. »Sind Sie eine Freundin von Mimi?«

»Mimi?« fragte Arilla. Sie nahm an, daß Lord Rochfield erwartet hatte, statt ihrer die Eigentümerin des Hauses zu sehen.

Rasch sagte sie: »Ich wohne vorübergehend hier; aber sonst ist niemand zu Haus.«

»Ist Mimi verreist? Das ist wirklich eine Überraschung«, rief Lord Rochfield aus. »Aber ich bin sicher, daß Sie mich unter diesen Umständen über ihre Abwesenheit hinwegtrösten werden.«

Arilla sah verwirrt aus. Doch bevor sie etwas sagen konnte, fuhr er fort: »Sie sind bezaubernd! Ich weiß nicht, warum ich Sie noch nie gesehen habe.«

Etwas an der Art, wie er sie ansah, machte Arilla unruhig. Sie war sich nicht bewußt, daß sich, als er auf sie zugekommen war, ihr Körper durch die Gaze abgezeichnet hatte, weil sie genau vor dem Feuer stand. Nun aber fühlte sie lebhaft, daß ihr Ausschnitt sehr tief war, was sie von Anfang an gewußt hatte – und der Ausdruck in Lord Rochfields Augen erschien ihr irgendwie unverschämt.

»Es tut mir... leid, wenn Sie... enttäuscht sind... weil Sie nicht die Dame angetroffen haben... die Sie... erwarteten...«, hob sie an.

»Ich bin nicht mehr enttäuscht«, unterbrach sie Lord Rochfield, »denn Ihr Anblick hat mich sofort getröstet.«

Er machte eine kleine Pause und fuhr dann fort: »Tatsächlich finde ich Sie unglaublich verführerisch. Aber das werde ich Ihnen nach dem Essen genauer erklären.«

Er zögerte, und Arilla kam der erschreckende Gedanke, daß er sie gleich berühren könnte. Sie wich einen Schritt zurück.

»Werden wir hier essen«, fragte Lord Rochfield, »oder werden wir ins *White House* ausgehen?«

»Ich... ich muß Ihnen erklären...«, sagte Arilla leise und nervös.

»Es gibt keinen Grund für Erklärungen«, sagte Lord Rochfield.

Er lachte und fuhr fort: »Es genügt mir völlig, mit einem so zauberhaften Wesen zusammenzusein, wo auch immer. Und dann so schnell wie möglich ins Bett!«

Arilla starrte ihn entsetzt an.

Doch zu ihrer großen Erleichterung öffnete sich in diesem Moment die Tür, und sie hörte das Mädchen sagen: »Mr. Vernon, Mylady!«

Lord Rochfield fuhr herum.

»Harry Vernon!« rief er aus. »Was zum Teufel tun Sie hier?«

»Dasselbe könnte ich Sie fragen!« antwortete Harry mit scharfer Stimme.

»Also sehen Sie«, sagte Lord Rochfield. »Ich hatte Mimi gesagt, daß ich heute abend vorbeikommen würde, aber wenn ich recht verstehe, hat sie mich mit einem Ersatz in Form dieser hübschen jungen Dame versorgt.«

Harry war inzwischen beim Kamin angekommen, und weil Arilla sich fürchtete, streckte sie die Hand nach seinem Arm aus.

»Was Sie nicht verstehen, Mylord«, sagte er zu Lord Rochfield, »ist, daß Mimi nach Paris gereist ist und meine Cousine, Lady Lindsey, in ihrer Abwesenheit das Haus von Barlow gemietet hat.«

Lord Rochfield sah verwundert drein und warf Arilla einen Blick zu, als glaube er, hinters Licht geführt zu werden. Als er sah, daß sie wirklich Angst hatte, schien er überzeugt, daß Harry die Wahrheit sagte und meinte: »Ich verstehe. Es hat ein Mißverständnis gegeben.«

»Es ist nicht Ihre Schuld«, sagte Harry. »Mimi hätte Ihnen natürlich sagen müssen, daß sie ihre Pläne geändert hat, bevor sie England verließ.«

Er sprach in einem ziemlich hochmütigen Ton. Dann bemerkte Arilla, daß ihm ein neuer Gedanke gekommen war, und sein Benehmen änderte sich.

»Ich muß dazu erklären, Mylord«, sagte er, »daß meine Cousine immer sehr zurückgezogen auf dem Land gelebt hat. Schon kurze Zeit nach ihrer Heirat wurde sie unter tragischen Umständen Witwe.«

Harry schwieg einen Moment und fuhr dann fort: »Deshalb ist sie zum ersten Mal in London, und ich hoffe, Sie werden sie nicht aus der Fassung bringen. Sie sind immerhin das erste Mitglied der Londoner Gesellschaft, das Lady Lindsay trifft.«

»Dies ist wirklich eine ungewöhnliche Situation«, meinte Lord Rochfield.

»Darf ich Ihnen etwas zu trinken anbieten?« fragte Harry. »Hier müßte irgendwo eine Flasche Champagner sein.«

Während er das sagte, durchquerte er das Zimmer, so daß Arilla mit Lord Rochfield zurückblieb.

»Ich hoffe, Sie vergeben mir, daß ich Sie beleidigte, bevor ich wußte, wer Sie sind«, sagte er höflich.

»Ja... sicher«, antwortete Arilla. »Ich war nur... verwirrt, weil ich nicht einmal... den Namen der... Dame kannte, die in diesem... Haus lebt.«

Lord Rochfield hustete ein wenig und sagte mit veränderter Stimme: »Sie sind neu in London? Ich bin sicher, Ihr Cousin wird Ihnen viele interessante Menschen vorstellen, aber ich hoffe trotzdem, daß Sie mir das Vergnügen machen werden, einmal mit mir spazierenzufahren.« Er lächelte und fügte hinzu: »Vielleicht werden Sie beide auch einmal mit mir zu Abend essen.«

»Das wäre sicher sehr nett«, antwortete Arilla, »vielen Dank.«

Während sie sprach, kam Harry mit zwei Gläsern Champagner zurück. Eines gab er Arilla und eines Lord Rochfield. Dann ging er zurück, um sein eigenes Glas zu füllen.

»Ich brauche wohl nicht«, sagte Lord Rochfield mit leiser Stimme, »auf Ihren Erfolg zu trinken, denn es ist völlig klar, daß er überwältigend sein wird!«

Er zögerte und sagte dann: »Ich kann nur hoffen, daß Sie Ihre erste Londoner Bekanntschaft nicht vergessen und wir Freunde werden.«

»Sie sind sehr... freundlich.«

Lord Rochfield berührte ihr Glas mit dem seinen, als stießen sie auf etwas an, und als Harry zurückkam, sagte er etwas, das sie alle zum Lachen brachte. Es dauerte eine halbe Stunde, bis er sich endlich – ziemlich zögernd – verabschiedete. Arilla bemerkte, daß er gern zum Abendessen geblieben wäre, aber weil Harry ihn nicht dazu einlud, dachte sie, es wäre ein Fehler, wenn sie es täte.

Harry begleitete Lord Rochfield zu seiner Kutsche, die draußen gewartet hatte. Erst als er in den Salon zurückkam, sagte sie: »Ich war sehr froh, als du vorhin kamst. Lord Rochfield sagte einige sehr seltsame Sachen zu mir.«

»Das habe ich erwartet!« rief Harry mit harter Stimme aus.

»Er hat sich später entschuldigt«, fuhr Arilla fort, »und ich glaube, er wäre gern zum Essen geblieben.«

»Ich weiß«, antwortete Harry, »aber ich möchte nicht, daß du dich mit Leuten seiner Art einläßt – obwohl man ihn besser zum Freund als zum Feind hat.«

»Warum sollte ich mich nicht mit ihm einlassen?« fragte Arilla forschend.

»Sehr einfach – weil er dich nicht heiraten wird!« antwortete Harry.

»Daran hatte ich noch gar nicht gedacht«, sagte Arilla, »aber warum sollte er es nicht wollen, wenn er mich erst besser kennt?«

»Auch darauf gibt es eine einfache Antwort: Rochfield ist dafür berüchtigt, mehr Liebesaffären zu haben als sonst irgendein Mann in der ganzen *Beau Monde*, und das will schon eine ganze Menge heißen!« Harry lächelte und fügte hinzu: »Er hat sicherlich nicht die Absicht, sich auf eine zweite unglückliche Ehe einzulassen.«

»Er war schon einmal verheiratet?« rief Arilla aus.

»Natürlich, in seinem Alter«, antwortete Harry. »Er heiratete eine bezaubernde und völlig standesgemäße Frau.« Mit einem bitteren Lächeln fuhr er fort: »Sie war die Tochter des Earl von Doncaster, doch er behandelte sie geradezu widerwärtig und machte sie todunglücklich.«

»Was hat er getan?« fragte Arilla.

»Er hatte eine ganze Reihe von Mätressen, verbrachte seine Zeit mit Tänzerinnen – und das brachte seine Frau um. Sie starb vor fünf Jahren, und ich glaube nicht, daß er je wieder heiraten wird.« Harry zögerte und fügte dann hinzu: »Er hat schon zwei Söhne, die seinen Titel erben können. Er findet sein dekadentes Leben, in dem er sich mit jeder Menge Frauen herumtreiben kann, viel amüsanter als die Fesseln der Ehe.«

»Das klingt ja schrecklich!« rief Arilla aus.

»Das ist es auch, und deshalb solltest du dich von ihm fernhalten.«

»Aber du bist so nett zu ihm gewesen!«

»Nur weil mir plötzlich einfiel, daß es ein Fehler wäre, ihn gegen dich einzunehmen. Er könnte dir Schwierigkeiten machen.«

»Wie sollte er das anstellen?«

Harry zuckte die Schultern. »Laß uns nicht mehr von ihm sprechen. Es ist bloße Zeitverschwendung, und wir können es uns nicht erlauben, mit der Zeit großzügig umzugehen.«

»Du hast recht«, sagte Arilla, »und um ehrlich zu sein – ich habe nicht die geringste Lust, Lord Rochfield je wieder zu begegnen!«

Ihre Stimme zitterte ein wenig, als sie an die seltsamen Dinge dachte, die er zu ihr gesagt hatte, und an die Art, wie er sie angesehen hatte und die ihr sehr unangenehm gewesen war.

»Dann vergiß ihn einfach!« sagte Harry. »Wenn er dich einlädt, mit ihm irgendwohin zu gehen, sag einfach ab! Oder besser – wenn das passiert, werde ich dir sagen, was du tun sollst.«

»Während du den Champagner holtest, hat er mich gefragt, ob ich mit ihm im Park spazierenfahren würde und ob wir beide nicht einmal mit ihm zu Abend essen könnten.«

Harry lachte. »Er geht auf Nummer Sicher, findest du nicht? Kein Wunder, nachdem er gedacht hat, du wärst eine...«

Er brach ab.

»Ein ›Ersatz‹ für Mimi, was immer das bedeuten sollte«, vollendete Arilla.

»Was für ein unverschämter Kerl!« rief Harry ärgerlich aus. »Er hätte merken müssen, daß du eine Dame bist!«

»Ich glaube, bis du hereingekommen bist, hat er mich für etwas ganz anderes gehalten.«

Harry stieß einen zornigen Laut aus. »Das Ganze war ein Fehler, der nie hätte passieren dürfen. Ich werde das Mädchen anweisen, niemanden ins Haus zu lassen, den wir nicht erwarten.«

»Ich glaube, sie dachte, daß wir ihn eingeladen hätten«, sagte Arilla.

»Ja, so ist es wahrscheinlich gewesen«, stimmte Harry hastig zu, »aber es ist etwas, das nicht wieder vorkommen darf.«

Sie gingen ins Eßzimmer. Harry gab sich reizend und amüsant. Arilla wußte, daß er versuchte, sie wieder aufzumuntern, nachdem Lord Rochfield sie so aus der Fassung gebracht hatte. Und weil es so aufregend war, so köstliche Dinge zu essen und mit Harry zusammenzusein, verbannte sie Lord Rochfield aus ihren Gedanken und genoß den Abend.

Nach dem Essen sagte Harry: »Ich werde dich früh ins Bett schicken, aus dem einfachen Grund, weil es morgen für dich viel zu tun gibt, und ich möchte, daß du morgen abend einfach wunderbar aussiehst.« Nach einer Pause fügte er hinzu: »Es ist sehr wichtig, daß die Gräfin von Jersey dich anerkennt.« Er zögerte. »Das ist übrigens auch ein Grund, weshalb ich nicht wollte, daß Rochfield Schwierigkeiten macht oder es seltsam findet, daß du allein in London lebst.«

»Ist das so seltsam?« fragte Arilla.

»Ich denke, wenn wir uns genau an die Regeln halten würden, müßtest du eine Begleitung oder irgendeine ältere Dame bei dir haben«, antwortete Harry. »Aber weil ich dein Cousin bin – und daran gibt es schließlich keinen Zweifel –, hoffe ich, es wird einfach akzeptiert, daß du mit einigen Hausangestellten in einer guten Gegend der Stadt lebst.« Er lachte, als er sagte: »Und deshalb wird niemand Steine nach dir werfen!«

»Wenn ich eine Anstandsdame brauche, hätte ich ebensogut als Debütantin auftreten können«, sagte Arilla.

»Du mußt dir darüber im klaren sein, daß du in diesem Fall nicht halb so viele Leute kennenlernen würdest, wie du das als hübsche, reiche Witwe tun wirst«, antwortete Harry.

»Du meinst, die Leute, denen du mich vorstellst, interessieren sich nicht für junge Mädchen?«

»Selbstverständlich nicht! Die meisten Männer finden sie schwierig und langweilig.« Harry zögerte und fuhr dann fort: »Du mußt nur dann vorsichtig sein, wenn Männer wie Rochfield im Spiel sind. Sie haben ganz andere Gründe, dir schöne Augen zu machen, als dir einen Verlobungsring zu schenken.«

»Was für Gründe?« forschte Arilla.

Harry rang mit sich, ob er ihr die Wahrheit sagen sollte, fand aber, es sei ein Fehler. Es könnte sie nur verderben. Er war sich der Tatsache wohl bewußt, daß gerade ihre Unschuld und diese seltene Aura von Reinheit, die sie zu umgeben schien, sie so anziehend machten. Er dachte auch, daß gerade dies sie wohl fast noch besser schützen würde, als er es tun konnte. Andererseits sah sie in ihren neuen Kleidern so bezaubernd aus, daß er verstehen konnte, warum Rochfield das Haus nur zögernd verlassen hatte. Wahrscheinlich würden schon bald sehr viele Männer etwas Ähnliches empfinden.

Ich muß gut aufpassen, daß sie den Richtigen findet, sagte Harry zu sich, denn Himmel noch mal – wenn ich recht darüber nachdenke, laufen hier viel zu viele Rochfields herum!

Bei diesem Gedanken runzelte er die Stirn, und Arilla sagte besorgt: »Du siehst ärgerlich aus, Harry. Habe ich etwas Falsches gesagt oder getan?«

»Nein, natürlich nicht!« antwortete er. »Morgen wird es mit dem Rennen ernst. Also geh zu Bett, meine hübsche kleine Cousine, damit du beim Start gut wegkommst!« Er lächelte und fügte hinzu: »Über die erste Hürde bist du ja schon hinweg, da werden die anderen so schlimm nicht mehr sein!«

Arilla lachte, und es war, als tönten silberhelle Glocken durch den Raum.

»Die erste richtige Hürde ist die Gräfin von Jersey«, sagte sie. »Ich bin nur gerade einem ziemlich unangenehmen Graben in Form von Lord Rochfield ausgewichen!«

»Davon gibt es viele, also sei vorsichtig!« warnte Harry.

»Ich werde mich an deinen Rockschößen festhalten und deiner Führung folgen!« versprach Arilla. »Oh, Harry, ist dies alles nicht aufregend?«

»Das ist es!« stimmte er zu. »Und was auch immer geschieht, Arilla, wir werden für unser Geld ein gutes Rennen bekommen!«

## 3. KAPITEL

Während sie sich in dem prunkvollen Empfangszimmer umsah mit seinen Kristallüstern, den französischen Möbeln, dem gewirkten Teppich und der bemalten Zimmerdecke, wünschte Arilla, ihre Mutter könnte sie so sehen.

Als Harry gekommen war, um sie abzuholen, hatte sie gewußt, daß er mit ihrer Erscheinung einverstanden war. Sie sah sich im Spiegel an und fand, ihr neues Kleid habe sie völlig verwandelt. Sie war nicht mehr sie selbst, sondern eine Marionette, die Liza und Harry geformt hatten.

Das Gazekleid wirkte, trotz der Blumen, Rüschen und Spitzen am Saum, nicht im geringsten überladen, sondern schien eher den Beginn des Frühlings zu verkörpern. Sie hätte Persephone sein können, die aus dem Hades in den Sonnenschein zurückkehrt.

Sie war sich darüber klar gewesen, daß Harry sehr kritisch sein würde. Als sie durch das Zimmer auf ihn zuging, beobachtete er sie, und eine leichte Angst durchzuckte sie, er könne sie langweilig und unattraktiv finden. Doch als er sie anlächelte, wußte sie, daß alles in Ordnung war.

»Sehe ich so aus, wie du es dir vorgestellt hast?« fragte sie eifrig.

»Liza hat gute Arbeit geleistet«, antwortete er.

Sie gingen in die Halle, und er legte ihr den Schal, der zu dem Kleid paßte, um die Schultern.

Dann stiegen sie in eine sehr bequeme Kutsche, die draußen wartete. Es war nicht der Phaeton, den Arilla schon kannte. Sie war sicher, daß Harry die Kutsche wieder einmal geborgt hatte, aber sie war zu taktvoll, ihn danach zu fragen. Sie wußte, wie demütigend es für ihn war, selbst nichts zu besitzen und immer auf die Großzügigkeit seiner Freunde angewiesen zu sein. Glücklicherweise schienen diese wirklich sehr wohlwollend zu sein, was ihn betraf.

Gleichzeitig kannte sie Harry gut genug, um zu wissen, daß er sein eigener Herr sein wollte. Er wollte selbst in der Lage sein, sich jenen Lebensstil zu leisten, den er liebte. Mit ihrem ganzen Feingefühl wußte Arilla, daß Harry Tag für Tag kleine Nadelstiche und peinliche Momente erlebte, weil er sich herabgesetzt fühlte, obwohl niemand ihn bewußt verletzte.

Als sie vor dem Haus der Gräfin Jersey anlangten, spürte Arilla eine leise Angst – nicht so sehr um sich selbst, doch wenn sie und Harry nun einen Fehler machten, würde *er* ihn bezahlen müssen.

Er hatte ihr ein wenig von der Gräfin und ihrer Rolle in der Gesellschaft erzählt. Aber die Geschichte dieser respektgebietenden und in vielerlei Hinsicht außergewöhnlichen Frau hatte er ihr verschwiegen und nicht erzählt, was für eine bedeutende Rolle sie im Leben des Prinzregenten gespielt hatte. Mit einem gezwungenen Lächeln dachte Harry, wie entsetzt Arilla gewesen wäre, hätte sie davon gehört. Sie hätte nie verstanden, wie Frances Jersey das Glück hatte zerstören können, das der Prinz von Wales, der er damals gewesen war, mit Mrs. Fitzherbert erlebte.

Als Mutter zweier Söhne und sieben Töchter, von denen einige ihr schon Enkel beschert hatten, war die Gräfin neun Jahre älter als der Prinz. Doch immer noch war sie eine Frau von bemerkenswertem und reifem Charme und von unleugbarer Schönheit. Von dem Moment an, wo Harry alt genug gewesen war, den Gesprächen seines Vaters und seiner Freunde über Frances Jersey zuzuhören, hatte er bemerkt, daß stets von ihrer Ausstrahlung und ihrem verführerischen Wesen die Rede war. Harry war intelligent und scharfsinnig, wenn es um Menschen ging. Es war nicht verwunderlich, dachte er, daß der Prinz von den Reizen einer Frau gefangen wurde, die ihre ganze Erfahrung, ihren Ehrgeiz und ihre Gefühlskälte einsetzte.

Dagegen hatte sein Vater immer gesagt: »Es fiel dem Prinzen nicht leicht, ohne Mrs. Fitzherbert zu leben. Er wollte, offen gesagt, beide Frauen zugleich. Aber schließlich hat, durch bloße Beharrlichkeit, die Gräfin gewonnen.« Er schwieg einen Moment und sagte dann bitter: »Wenn du die Wahrheit hören willst – zu dem Zeitpunkt, als du in die Leibwache eingetreten bist, war sich der Prinz bereits völlig klar über die Verruchtheit, die Entschlossenheit und die Schliche dieser teuflischen Schlange.«

Nachdem Harry so viel über die Gräfin von Jersey gehört hatte, war es unvermeidlich, daß er sich für sie interessierte. Als der Krieg vorbei war und er nach London kam, war er entschlossen, ihr vorgestellt zu werden. Als er ihr begegnete, fand er, daß sie auch jetzt noch, obwohl sie viel älter geworden war, eine verführerische, sinnliche Frau war.

Weil Harry gut aussah und vollendete Manieren hatte, begann die Gräfin, ihn zu fördern. Sie hatte ohne Zweifel dazu beigetragen, ihm zu dem gesellschaftlichen Erfolg zu verhelfen, den er nun hatte. Er stammte aus einer alten und angesehenen Familie. Trotzdem war es zu Beginn für ihn von unschätzbarem Wert, eine so wichtige Gönnerin zu haben, die jedermann kannte.

Die Gräfin stellte Harry den richtigen Leuten vor. Dafür erwartete sie von ihm, daß er unablässig in ihrer Nähe war und weiteren Glanz und Geist zu ihrem persönlichen Hof beitrug. Dieser bestand aus attraktiven, intelligenten Menschen, die von all jenen beneidet wurden, welche nicht zu dem magischen Zirkel der Gräfin gehörten.

Zuerst war sie wütend gewesen, als der Prinzregent begann, sich um Harry zu kümmern. Doch es war ihr wichtig, daß jeder in ihrer Nähe in der Gesellschaft so glänzte, wie sie selbst es tat, und deshalb riet sie ihm, aus der königlichen Gunst das Beste zu machen.

»Er wird dich fallenlassen, wenn es ihm paßt«, warnte sie ihn. »Er wird eifersüchtig sein, wenn du ihm nicht pausenlos schmeichelst und dich unterwürfig all seinen Wünschen beugst. Und wenn du reich wärst, würde er dafür sorgen, daß du für die Auszeichnung, ihn kennen zu dürfen, kräftig zahlen müßtest!«

Harry lachte. Der scharfzüngige Witz der Gräfin amüsierte ihn immer. Er wußte, daß ihre letzte Drohung sinnlos war, da er nichts besaß, was er irgend jemand hätte geben können, nicht einmal Seiner Königlichen Hoheit.

Jetzt, wo Harry Arilla zur Gräfin von Jersey mitnahm, verließ er sich mehr auf seinen Instinkt als auf seinen Verstand. Es bestand immer die Gefahr, daß die Gräfin, die sich ihrer eigenen verblassenden Schönheit und des heranschleichenden Alters nur zu bewußt war, eifersüchtig werden würde. Ein derart zauberhaftes Wesen konnte deshalb ihr Mißfallen erregen. Vielleicht würde sie absichtlich versuchen, Arilla zu verletzen, anstatt ihr zu helfen.

Trotzdem wußte Harry, daß er diese Chance wahrnehmen mußte. Er zählte darauf, daß Arilla trotz des Eherings, den sie am Finger trug, so jung wirkte, daß die Gräfin eher das Gefühl bekam, sie schützen als sie angreifen zu müssen.

Von all diesen Dingen sagte er Arilla nichts, weil er wußte, daß es sie beunruhigen würde. Einer ihrer wichtigen Vorteile war, das hatte er bereits erkannt, daß sie sich ihrer selbst überhaupt nicht bewußt war und deshalb, wie nur wenige andere Frauen in der Gesellschaft, völlig natürlich wirkte.

Obwohl die Gräfin alt war, älter sogar, als Arilla erwartet hatte, fand Arilla sie erstaunlich schön. Wenn sie lächelte, zeigte sie überzeugenden, unwiderstehlichen Charme.

Nachdem man ihr Kommen gemeldet hatte, führte Harry sie zu der Gräfin. Sie saß in einem Sessel, der mit seiner hohen

Lehne fast einem Thron glich. Mehrere vornehm aussehende Männer standen um sie herum, und alle hörten ihr aufmerksam zu.

Als Harry sie erreichte, hielt sie ihm ihre Hand hin, und während er sich verbeugte und die Hand küßte, sagte sie: »Du siehst besser aus als je, und ich nehme an, du hast mich deshalb verführen können, deine Cousine zu empfangen – wenn sie wirklich deine Cousine ist.«

»Wie können Sie annehmen, ich würde Eure Ladyschaft anlügen?« fragte Harry.

Aber seine Augen zwinkerten, und fast gegen ihren Willen mußte die Gräfin lachen.

»Du würdest alles tun, wenn dabei für dich ein Vorteil heraussähe!« gab sie zurück. »Aber laß mich die junge Dame ansehen.«

»Hier ist sie«, sagte Harry und zeigte auf Arilla, die hinter ihm stand. »Lady Lindsey – die Gräfin von Jersey!«

Arilla machte einen anmutigen Knicks, und die Gräfin sagte: »Sie sind verwitwet, wie ich höre. Nun, das bin ich auch, und ich versichere Ihnen, wenn wir armen Frauen in unserem Leben irgendwelche Freiheiten wollen, sollten wir es dahin bringen, sowohl als Witwe wie als Waise geboren zu werden!«

Über diese geistreiche Bemerkung gab es viel Gelächter, und die Gräfin fuhr fort: »Aber so wie Sie aussehen, bezweifle ich, daß Sie lange in dieser beneidenswerten Lage bleiben werden – besonders, da, wie mir Ihr Cousin sagte, Ihr Gatte Ihnen ein Vermögen hinterlassen hat.«

Es war nur natürlich, daß Arilla etwas verschüchtert aussah, und Harry sagte: »Sie machen meine Cousine verlegen. Wenn sie je wieder heiraten sollte, wird sie es tun, um um ihrer selbst willen geliebt zu werden.«

»Oh, ich nehme nicht an, daß das sehr schwierig ist«, rief die Gräfin aus. »Und ich bin sicher, es wird um diese Position bald eine Menge Bewerber geben.«

»Wofür Sie, wie ich hoffe, freundlicherweise sorgen werden«, sagte Harry kühn.

Für einen Moment sah die Gräfin überrascht drein, dann lachte sie und sagte: »Du warst schon immer ziemlich frech, du nichtsnutziger Kerl! Aber vielleicht finde ich dich gerade deshalb so amüsant.«

Sie sah die Männer an, die um sie herumstanden, und sagte: »Wen, meinen Sie, sollte ich dieser charmanten jungen Dame vorstellen, wenn ich sie gleichzeitig mit einer guten Referenz versehen will – und ich meine *gut*!«

Alle Männer begannen gleichzeitig zu reden.

Arilla wurde noch verlegener als vorher. Sie rückte etwas näher an Harry heran, als suche sie bei ihm Schutz. Er verstand und warf ihr ein aufmunterndes Lächeln zu.

Dann, als sie von ein paar neu ankommenden Gästen unterbrochen wurden, flüsterte er ihr so leise, daß nur sie es hören konnte, zu: »Mach dir keine Sorgen, du bist akzeptiert. Der Rest wird jetzt ein Spaziergang.«

Arilla konnte sich noch nicht recht vorstellen, wie er das meinte, doch während das Empfangszimmer sich langsam füllte, stellte die Gräfin ihr einen vornehm aussehenden Herrn nach dem anderen vor. Sie hatte für jeden von ihnen eine geistreiche oder witzige Bemerkung. Und weil Harry, der sich im Hintergrund hielt, offensichtlich sehr zufrieden war, hatte Arilla das Gefühl, daß es nur darauf ankam.

Während sie sich gerade mit einem Peer unterhielt, der mit hochtrabenden Worten von der Rede erzählte, die er am Nachmittag im Oberhaus gehalten hatte, hörte sie, wie der Butler meldete: »Lord Rochfield, Mylady!«

Arilla fuhr auf. Sie hatte wirklich nicht den Wunsch, Seine Lordschaft wiederzusehen, und fand es einen wirklich unglücklichen Zufall, daß er an diesem Abend hier auftauchte. Gleichzeitig bemerkte sie aber, daß die Gräfin ihn mit sichtlichem Entzücken begrüßte.

Er blickte sich im Zimmer um, und obwohl sie rasch den Kopf zur Seite wandte, erkannte er sie. Ein paar Minuten später hörte sie die Gräfin sagen: »Ich glaube, Lady Lindsey, Sie haben Lord Rochfield bereits kennengelernt. Trotzdem besteht er darauf, Ihnen offiziell vorgestellt zu werden. Die Gründe dafür mag er mir allerdings nicht verraten.«

»Meine Hoffnung ist«, sagte Lord Rochfield, »daß wir unsere Bekanntschaft noch einmal ohne Mißverständnisse beginnen können.«

Arilla deutete einen leichten Knicks an. Doch als sie sah, daß sein selbstsicherer Blick sie genauso unverhohlen musterte wie am Vortag, war sie ganz sicher, daß sie ihn nicht mochte. Irgend etwas an ihm machte ihr angst. Sie erinnerte sich nur zu gut daran, wie Harry sie davor gewarnt hatte, ihre Zeit mit ihm zu verschwenden.

Doch sie hatte auch gar nicht vor, das zu tun. Als die Gräfin sich abwandte, um einen neuen Gast zu begrüßen, und als Arilla bemerkte, daß Lord Rochfield näher an sie heranrückte, sagte sie ein wenig zusammenhanglos: »Entschuldigen Sie mich... aber da ist... jemand, mit dem ich... sprechen muß.«

Das war natürlich Harry, denn jemand anderen kannte sie hier nicht.

Bevor Lord Rochfield sie daran hindern konnte, war sie davongeschlüpft und trat zu Harry, der sich mit einem ältlichen Politiker unterhielt. Er schien ein wenig überrascht, sie an seiner Seite zu finden. Der Politiker, der merkte, daß das Gespräch unterbrochen wurde, zog sich taktvoll zurück.

Arilla sagte leise: »Lord Rochfield ist... hier.«

»Ich weiß«, antwortete Harry. »Sei höflich, aber weich ihm aus, wenn du kannst.«

»Ich werde es versuchen«, sagte Arilla, »aber ich mag ihn nicht.«

»Auf der anderen Seite«, sagte Harry leise, »könnte er

Schwierigkeiten machen, also versuche, ihn dir nicht zum Feind zu machen.«

Arilla schien es unmöglich, beide Anweisungen zu erfüllen. Sie wollte gerade einen Witz darüber machen, als Lord Rochfield zu ihnen trat und betont herzlich sagte: »Guten Abend, Vernon! Ich hatte eigentlich gehofft, Sie heute im *White's* zu treffen. Ich wollte Sie fragen, wann Sie diese charmante junge Dame dazu bringen könnten, mit mir zu Abend zu essen.«

Er lächelte Arilla an und fuhr fort: »Ich möchte gern ein Essen für sie geben und dachte daran, Seine Königliche Hoheit dazu zu bitten, dem ich sicherlich ein Essen schuldig bin – wenn nicht mehrere.«

Harry lachte. »Das kann wohl jeder von uns sagen. Andererseits bereitet dem Prinzen eben nichts mehr Freude, als an seinem eigenen Tisch Gastgeber zu sein.«

»Das mag stimmen«, gab Lord Rochfield zu. »Und ich für mein Teil möchte gern der Gastgeber Ihrer reizenden Verwandten sein. Weil es eine Einladung für sie sein wird, sagen Sie mir doch, wann Sie beide kommen können, und die anderen Gäste müssen sich dann danach richten.«

Arilla hätte am liebsten gesagt, daß sie nicht die geringste Lust verspürte, mit Lord Rochfield zu Abend zu essen, versuchte aber, sich selbst zu überzeugen, wie dumm sie sich anstellte. Schließlich würde er nicht der einzige anwesende Mann sein, und wenn er sogar den Prinzregenten einladen wollte, würden sicher noch weitere vornehme Herren anwesend sein, denen sie ihre Aufmerksamkeit widmen konnte.

Sie bemerkte, daß Harry genau dasselbe dachte. Er schien zu meinen, daß sie sich in das Unvermeidliche fügen mußten und sagte: »Sie sind sehr freundlich, Mylord. Ich bin sicher, daß Lady Lindsey und ich uns bei Ihnen sehr wohl fühlen würden. Wir haben ziemlich viele Verpflichtungen, aber wäre Ihnen der kommende Mittwoch recht?«

»Wunderbar!« sagte Lord Rochfield. »Ich werde darauf achten, daß sich Lady Lindsey gut unterhält – und wer würde sich nicht gut unterhalten mit einer Dame, die so schön ist?«

Die Worte gingen ihm viel zu leicht und glatt von den Lippen, als daß sie ernst gemeint sein konnten, dachte Arilla. Gleichzeitig flackerte sein Blick über sie hin, wie er es schon gestern getan hatte. Wieder wurde sie sich in unangenehmer Weise der Tatsache bewußt, daß ihr Ausschnitt zu tief war und daß das seidene Unterkleid unter der Gaze jedes Detail ihrer Figur zur Geltung brachte.

Weil sie wußte, daß er sie ansah, wurde sie verlegen. Trotz ihrer Unschuld wußte sie, daß ein Herr eine Dame, die er respektierte, nicht auf diese Weise ansah.

Er ist einfach abscheulich und benimmt sich widerwärtig, sagte sie zu sich selbst.

In diesem Moment berührte die Gräfin mit ihrem Fächer leicht Harrys Arm und sagte: »Die Prinzessin de Lieven ist gerade gekommen. Mach möglichst viel Theater um sie, sonst wird sie uns alle anzischen, Schlange, die sie ist!«

Arilla hörte, wie Harry kurz auflachte. Dann ging er zu ihrem Entsetzen gehorsam zu der Prinzessin de Lieven hinüber, die, wie sie wußte, die Frau des russischen Botschafters war. Sie wollte ihm folgen, doch Lord Rochfield ergriff ihren Arm und führte sie zu einem leeren Sofa, das in einer entlegenen Ecke des Raumes stand.

»Und nun möchte ich, daß Sie mir von sich erzählen«, sagte er. »Weil Sie so hübsch sind, kann ich unmöglich glauben, daß es Ihnen auch auf dem Land gelungen ist, sich zu verstecken. Selbst der Wind und die Vögel müssen Ihre Schönheit gerühmt haben.«

»Sie haben eine poetische Ader, Mylord«, sagte Arilla, aber so, daß es nicht wie ein Kompliment klang.

»Nur wenn ich mit Ihnen zusammen bin«, antwortete er. »Als ich Sie gestern abend sah, habe ich nicht glauben können, daß Sie wirklich existieren.«

Arilla antwortete nicht, sondern wandte ihr Gesicht ab, und er sagte: »Sie haben mir doch sicher vergeben, daß ich Sie für eine Freundin von Mimi hielt? Sie müssen zugeben, daß das unter den gegebenen Umständen verständlich war.«

»Da ich keine Ahnung habe, wer Mimi ist«, gab Arilla zurück, »ist mir das, was Sie jetzt sagen, genauso unverständlich wie das, was Sie gestern abend sagten.«

»Lassen Sie uns das alles vergessen«, sagte Lord Rochfield rasch, »alles – außer daß ich Sie schön finde und bezaubernd. Kurz und gut, meine Schöne, ich habe mich verliebt!«

»Ich bin sicher, daß das... nicht wahr ist«, sagte Arilla. »Sie sollten so etwas nicht... sagen nach einer so... kurzen Bekanntschaft.«

Lord Rochfield lachte. »Glauben Sie wirklich, daß Zeit irgend etwas damit zu tun haben kann? Liebe kann ganz plötzlich kommen, wie ein Gewitterblitz – und genau das ist geschehen, als ich Sie zum erstenmal sah.«

»Ich wäre sehr mißtrauisch einem Gefühl gegenüber, das auf einem derart flüchtigen Eindruck beruht. Was bedeutet es schon, jemand ein paar Sekunden zu kennen und sich dann gleich eine Meinung zu bilden?«

Arilla sprach kühl und sah sich gleichzeitig im Raum um. Sie überlegte, ob es ihr möglich wäre, zu Harry hinüberzugehen.

Zu ihrer Überraschung legte Lord Rochfield seine Hand auf ihren Arm.

»Hören Sie mir gut zu«, sagte er. »Ich stehe zu meinem Wort. Ich will Sie haben, und ich werde Sie bekommen.« Während er weitersprach, sah er sie fest an. »Ich werde all die Spiele mitspielen, von denen Sie wünschen, daß ich sie spiele, aber am Ende werden Sie genau dort sein, wo ich Sie haben will, nämlich in meinen Armen!«

Eine solche Erklärung hatte Arilla weder von ihm noch von sonst einem Menschen erwartet. Unwillkürlich wandte sie Lord Rochfield das Gesicht zu. Sie war erstaunt, als sie das

Feuer in seinen Augen bemerkte. Sie hatte das Gefühl, in einen brennenden Ofen zu sehen. Gleichzeitig wurde der Druck seiner Finger auf ihrem Arm stärker, als wollte er sie näher zu sich heranziehen und es ihr unmöglich machen zu entkommen.

Sie spürte eine Welle von Panik. Sie wollte aufspringen und vor ihm davonlaufen, hinaus aus dem Zimmer – irgendwohin, wo sie vor ihm sicher war. Doch dann kam ihr die Selbstbeherrschung, die sie seit ihrer Kindheit geübt hatte, zur Hilfe.

»Es scheint mir, Mylord«, sagte sie, »daß Sie alle Regeln des... guten Tons verletzen, wenn Sie... so zu mir sprechen.« Sie funkelte ihn wütend an, bevor sie weitersprach. »Weil... Sie Dinge sagen, von denen ich... nichts hören will... werden Sie hoffentlich verstehen, daß ich jetzt... gehen muß.«

Während sie sprach, stand sie entschlossen auf. Fast hätte er sie am Arm zurückgehalten, doch er schien zu begreifen, daß er damit eine Szene verursacht hätte. Sie hoffte, einigermaßen würdevoll zu wirken, während sie langsam davonging. Sie hörte ihn leise lachen, als wäre er amüsiert und gleichzeitig verblüfft über das, was sie getan hatte.

Wieder einmal trat sie an Harrys Seite und mußte zuhören, wie gewandt er mit der Prinzessin fertig wurde. Er beendete seinen Satz und wollte sie gerade vorstellen, als ein Mann, der neben ihnen stand, die Hand der Prinzessin nahm und begann, auf russisch auf sie einzureden.

»Was ist los?« fragte Harry ziemlich scharf, wie es Arilla schien.

»Seine Lordschaft... macht mir angst«, antwortete sie. »K... können wir nicht... gehen?«

»Du lieber Gott, natürlich nicht!« rief Harry. »In ein paar Minuten wird das Essen serviert, und es wäre eine Beleidigung, vor Mitternacht zu gehen!«

Arilla sah unglücklich aus, doch er fuhr mit noch immer scharfer Stimme fort: »Um Himmels willen, denk daran, daß du keine unreife Debütantin bist, sondern eine verheiratete Frau, die mit Flegeln wie Rochfield fertig werden sollte!«

»Ich... ich werde es versuchen, aber es ist... nicht einfach.«

»Nichts ist einfach«, gab Harry zurück, »aber das gehört alles zu dem Spiel dazu. Ich werde dich einem Freund von mir vorstellen.«

Während er sprach, berührte er den Arm eines Mannes, der gerade an ihnen vorbeiging und etwa so alt wie Harry selbst sein mochte.

»Charles«, sagte er, »hier ist jemand, dem ich dich gern vorstellen möchte.«

»Hallo, Harry!« rief der andere aus. »Ich habe mir schon gedacht, daß ich dich hier treffen würde!«

Dann erblickte er Arilla, und sofort war offensichtlich, wie gern er sie kennenlernen wollte.

»Sir Charles Ledger – meine Cousine, Lady Lindsey«, sagte Harry.

»Wieso hat man mir nie gesagt, daß Harry eine so entzükkende Cousine hat?« fragte Sir Charles. »Alle Verwandten, die er mir bisher vorgestellt hat, waren dumm wie Bohnenstroh und häßlich wie die Nacht!«

Arilla lachte. »Vielen Dank für das Kompliment, aber ich fürchte, was Sie eben gesagt haben, trifft auch auf all unsere Verwandten zu!«

»Auf meine ebenfalls«, sagte Charles bekümmert. »Andererseits hat mein Vater immer gesagt: Junge, wie schlecht deine Karten auch sind, früher oder später zieht jeder mal einen Joker!« Er lächelte Arilla an, bevor er fortfuhr: »Und das, Lady Lindsey, trifft auf Sie ganz genau zu!«

»Paris hat dir eine Menge Schliff gegeben, mein Lieber!« bemerkte Harry. »So gewandt habe ich dich ja noch nie erlebt!«

»In Paris kann man eine ganze Menge lernen, so oder so«, antwortete Sir Charles. Hinter seinen Worten lag ganz offensichtlich eine Andeutung.

»Charles«, erklärte Harry Arilla, »war im Auftrag des Außenministeriums in Paris, und das scheint ihn ganz schön in Schwung gebracht zu haben!«

»Wie gern würde ich einmal nach Paris reisen, jetzt, wo der Krieg zu Ende ist«, sagte Arilla sehnsüchtig. »Aber das ließe sich natürlich von vielen Orten in Europa sagen, die für uns während all dieser Kriegsjahre nur Namen auf der Landkarte gewesen sind.«

»Harry und ich haben eigentlich während des Krieges auch eine ganze Menge vom Festland gesehen«, antwortete Sir Charles, »aber natürlich ist jetzt alles ganz anders.«

»Das habe ich auch gehört«, bemerkte Harry, »aber ich würde gern fahren und mich selbst davon überzeugen.«

Er seufzte ein wenig, und Arilla wußte, daß er das tat, weil er sich so etwas nicht leisten konnte.

Wenn ich reich wäre, sagte sie zu sich selbst, könnte ich so viel für Harry tun. Es ist erschütternd, daß ausgerechnet er so arm sein muß, während all seine Freunde mit Geld offensichtlich nur so um sich werfen.

An diesem Abend jedenfalls wurde an nichts gespart. Sie ließen sich an einer prunkvollen Tafel nieder, an der es jede nur erdenkliche Köstlichkeit zu essen gab und so gute Weine, daß Harry und Charles, die an Arillas Seite saßen, von nichts anderem sprachen.

»Wenn du mich fragst«, sagte Sir Charles, »versucht Ihre Ladyschaft, die Gesellschaften in Carlton House oder im Königlichen Pavillon in Brighton zu übertreffen.« Er hielt einen Moment inne, bevor er fortfuhr: »Das scheinen übrigens alle vorzuhaben, seitdem Seine Königliche Hoheit in diese veritable Grotte aus Tausendundeiner Nacht gezogen ist.«

»So kann man das wirklich nennen«, stimmte Harry zu. »Sie soll übrigens einen königlichen Preis gekostet haben, wie man sagt.«

»Ich bin nicht sicher, daß mir das Ganze gefällt«, sagte Sir

Charles nachdenklich. »Dieses ganze chinesische Zeug ist eigentlich nicht nach meinem Geschmack. Aber ich muß zugeben, daß alles sehr beeindruckend ist und genau die Kulisse, die der Prinzregent braucht.«

»Da gebe ich dir recht«, sagte Harry.

Arilla überlegte, ob sie wohl je Gelegenheit haben würde, Carlton House oder den Königlichen Pavillon zu besuchen. Ein wenig traurig dachte sie daran, daß der Prinzregent nur ältere Damen mochte, wenn man Harry und den Gerüchten glauben konnte.

Als sie nach dem Essen wieder in den Salon gingen, spielte in der anderen Ecke des Raumes leise ein Streichorchester. Es klang sehr romantisch.

Harry und Sir Charles vertieften sich bald in ein Gespräch über die Rennen, die am folgenden Tag stattfinden sollten. Arilla trat ein paar Schritte zur Seite, um ein Bild zu betrachten. Sie war sicher, daß es von Rubens war.

Und wieder vernahm sie neben sich Lord Rochfields Stimme: »Sie sind viel schöner als jedes Bild. Ich möchte Sie immer nur ansehen, um ganz sicher zu sein, daß ich Sie nicht verliere.«

Beim Essen hatte Arilla bemerkt, daß er neben der Gastgeberin gesessen hatte. Sie nahm Harrys Rat ernst, daß die Gräfin sehr hilfreich für sie sein könnte und befürchtete, daß Lord Rochfield, wenn sie noch einmal vor ihm davonliefe, ihr wirklich Schwierigkeiten machen könnte.

»Ich nehme an, Sie kennen sich in der Malerei sehr gut aus«, sagte sie geschickt. »Ich sehe, daß hier einige sehr wertvolle Bilder hängen. Könnten Sie sie mir erklären?«

»Nun, wie ich schon sagte, würde ich persönlich es vorziehen, weiterhin *Sie* zu betrachten«, sagte Lord Rochfield. »Aber ich werde Ihnen ein Bild zeigen, daß Sie einfach bewundern müssen. Es ist von Poussin.«

Er führte sie zum anderen Ende des Salons. Sie bemerkte sofort, daß es sich wirklich um ein prächtiges, hervorragend gemaltes Bild handelte. Sie wußte, wie sehr es sie begeistern würde, selbst ein solches Gemälde zu besitzen.

Als könne er ihre Gedanken lesen, sagte Lord Rochfield: »Soll ich Ihnen ein Bild schenken, das Ihnen so gut gefällt wie dieses hier, oder möchten Sie lieber Diamanten?«

Arilla erstarrte. Sie war ziemlich sicher, daß es sich für einen Mann nicht schickte, ihr Schmuck zu versprechen, und sie sagte rasch: »Sie meinen das natürlich scherzhaft, aber ich glaube, wenn ich je die Wahl hätte, würde ich sowohl Bildern wie auch Juwelen Pferde vorziehen.«

»Dann sollen Sie Pferde haben!« sagte Lord Rochfield fest.

Arilla stieß einen kleinen Schrei aus. »Ich hatte das natürlich nicht ernst gemeint. Ich habe sogar ausdrücklich betont, daß ich im Scherz spreche. Mylord, ich könnte von Ihnen unmöglich ein Geschenk annehmen, ganz gleich, was es wäre.«

»Warum nicht?« wollte Lord Rochfield wissen. »Selbst dafür, daß Sie vom Land kommen, sind Sie ziemlich naiv.« Er machte eine bedeutungsvolle Pause, bevor er hinzufügte: »Ich würde mich sehr wundern, wenn hier im Raum auch nur eine einzige Dame wäre, die keine Geschenke – sehr teure Geschenke – von irgendeinem Mann angenommen hat, der auf diesem sehr einfachen Weg ihr seine Zuneigung ausdrücken wollte.«

Seine Stimme klang, als meine er es wirklich ernst, und Arilla sah ihn erstaunt an.

»Vielleicht, Mylord«, sagte sie, »haben wir auf dem Land andere Vorstellungen von gutem Benehmen als Sie hier. Meine Überzeugung ist immer gewesen, daß eine Dame keine Geschenke annehmen sollte, außer von ihrem Ehemann.«

Lord Rochfield verzog das Gesicht zu einem gezwungenen Lächeln, bevor er erwiderte: »Ich verstehe, was Sie mir sagen wollen. Was Sie haben möchten, ist nicht sehr teuer, aber für eine Frau viel wertvoller als Bilder, Diamanten und Pferde – ein Ehering!«

»Daran habe ich eigentlich nicht genau gedacht«, sagte Arilla, »aber vielleicht stimmt das, was Sie sagen.«

Während sie sprach, dachte sie, wie geschickt sie sich verhalten hatte. Harry hatte ausdrücklich gesagt, daß Lord Rochfield an der Ehe nichts lag. Sie war sich dessen bewußt, daß die Leidenschaft, die der Prinz für ältere Frauen hatte, nie in eine Ehe münden konnte. Sie konnte gut verstehen, warum die Leute an seinem Verhalten Anstoß nahmen. Und sie war sicher, daß ihre Mutter von Lord Rochfield schockiert gewesen wäre.

Als wäre die Unterhaltung beendet, wandte sie ihr Gesicht wieder dem Poussin zu. Es war gewiß eines der schönsten Bilder, die sie je sehen würde, auch wenn sie noch in viele andere Häuser käme.

Da hörte sie Lord Rochfield ganz leise sprechen: »Sie wollen also wieder heiraten, meine Schöne? Darüber müssen wir uns in der Zukunft natürlich einmal unterhalten.«

Arilla glaubte, sich verhört zu haben. Doch als sie sich umwandte, um in seine dunklen Augen zu sehen, fand sie darin einen Ausdruck, den sie zwar nicht verstand, der ihr aber angst machte.

Während sie noch darüber nachdachte, wie sie am besten von ihm fortkommen konnte, war Lord Rochfield ein wenig näher an sie herangetreten und sagte: »Ich nehme an, Sie wissen, daß ich nur noch an Ihr Gesicht habe denken können, seit ich Sie gestern abend sah. Den ganzen Tag lang habe ich nichts anderes wahrgenommen als den Glanz Ihrer Augen und Ihr goldenes Haar.«

In seiner Stimme schwang ein tiefer Klang. Arilla brachte es nicht fertig, ihn anzusehen, weil sie das Feuer in seinen Augen fürchtete. Sie hatte solche Angst, daß sie sich von ihm fast hypnotisiert fühlte, so, als zöge er sie langsam zu sich heran und als gäbe es kein Entkommen.

Zu spät merkte sie, was für ein Fehler es gewesen war, mit ihm in diese entlegene Ecke des Salons zu gehen. Sie hätte in der Menge bleiben sollen, in Harrys Nähe.

»Ich weiß, was Sie denken«, sagte Lord Rochfield. »Sie wollen vor mir davonrennen. Das finde ich aufregend, und gleichzeitig wundert es mich. Sie waren doch verheiratet. Hatten Sie vor Ihrem Mann auch Angst?«

»Ich möchte nicht über ihn sprechen«, sagte Arilla.

»Wenn ich nicht sicher wäre, daß er diesen Ring an Ihren Finger gesteckt hat«, fuhr Lord Rochfield fort, »könnte ich es kaum glauben, daß je ein Mann Sie besessen oder auch nur geküßt haben soll.«

Er schwieg, doch als sie nicht antwortete, redete er weiter. »Um Sie ist etwas Reines, Unberührtes, das ich so bezaubernd finde, daß ich Ihnen völlig verfallen bin.«

In seiner Stimme lag eine Leidenschaft, die Arilla nur noch ängstlicher machte. Sie sah sich suchend im Salon um, und zu ihrer großen Erleichterung sah sie Harry, der gerade auf sie zukam.

Es bedeutete für sie fast eine übermenschliche Anstrengung, die Selbstbeherrschung zu wahren und nicht auf ihn zuzurennen und sich an ihn zu klammern. Statt dessen lächelte sie ihn an, doch er erkannte am Ausdruck ihrer Augen, wie froh sie war, ihn zu sehen.

Als er neben ihr stand, sagte er: »Wenn du wirklich morgen früh ausreiten willst, wie du vorhin in der Kutsche sagtest, dann sollten wir jetzt gehen.«

»Das wäre mir recht«, sagte Arilla schnell. »Ich bin tatsächlich ziemlich müde.«

»Ich glaube, die Wahrheit ist eher«, sagte Lord Rochfield, »daß Sie wieder einmal vor mir davonlaufen.«

»Davonlaufen?« rief Harry aus. »Haben Sie meine kleine

Cousine etwa erschreckt? Denken Sie daran, sie kommt vom Land und ist an so forsche Kavaliere wie Eure Lordschaft nicht gewöhnt.«

»Das hat sie mir deutlich zu verstehen gegeben!« gab Lord Rochfield zurück. »Aber ich versichere Ihnen, ich hatte nicht die geringste Absicht, sie zu erschrecken oder zu verletzen.«

»Ich wünschte, ich könnte mich darauf verlassen«, antwortete Harry. An seinem Tonfall mußte Lord Rochfield verstehen, was er meinte.

»Sie können mir vertrauen«, sagte er. »Und morgen werde ich hoffentlich das Vergnügen haben, bei Lady Lindsey vorsprechen zu dürfen.«

»Ich weiß noch... überhaupt nicht... was ich morgen... tun werde«, sagte Arilla etwas unzusammenhängend.

»Wir werden sehr beschäftigt sein«, antwortete Harry. »Ich habe ein ziemlich umfangreiches Programm zusammengestellt, und ich bezweifle, daß wir noch irgend etwas einschieben können, auch wenn es nicht viel Zeit kostet.«

»Das ist eine Herausforderung, Vernon«, sagte Lord Rochfield. »Oder möchten Sie lieber eine Wette daraus machen?«

»Oh, das könnte ich mir sicherlich nicht leisten!« gab Harry zurück. »Eine Herausforderung wird, so hoffe ich, billiger.«

»Ich hoffe, Sie meinen das ernst!«

Die Augen der beiden Männer trafen sich wie in tödlicher Feindschaft. Plötzlich hatte Arilla Angst, daß es Harry schaden könnte, wenn er Lord Rochfield gegen sich aufbrachte, und daß es die Dinge komplizierter machen könnte, als sie ohnehin schon waren.

Sie streckte Lord Rochfield ihre Hand entgegen.

»Vielen Dank, daß Sie so freundlich waren, mir dieses Bild zu zeigen.« Sie lächelte ihn an und fuhr fort: »Wenn ich eine Menge Unsinn geredet habe, so liegt das nicht nur daran, daß ich wirklich sehr müde bin, sondern auch überwältigt und verwirrt von einem so aufregenden und für mich ungewohnten Abend.«

Lord Rochfield nahm ihre Hand und führte sie ganz und gar nicht flüchtig an seine Lippen. Arilla spürte seine Lippen auf ihrer bloßen Haut. Sie hatte das Gefühl, daß ein Reptil sie berührte, etwas so Unheimliches und Gefährliches, daß sie hätte schreien mögen.

Aber mit einem Lächeln, für das sich keine noch so berühmte Schauspielerin hätte schämen brauchen, sagte sie: »Gute Nacht, Mylord, und nochmals vielen Dank.«

Sie wandte sich ab, und nachdem sie sich von der Gräfin verabschiedet hatte, führte Harry sie hinaus.

Erst nachdem ihre geborgte Kutsche die Fackelträger hinter sich gelassen hatte, sagte Harry zornig: »Und jetzt erzähl mir, was dieser Mistkerl zu dir sagte, das dich so verängstigt aussehen ließ!«

## 4. KAPITEL

Arilla zog mit Absicht das Kleid an, das ihr am wenigsten gefiel, und hoffte, Lord Rochfield würde finden, daß es ihr nicht stand. Bis zum vergangenen Abend hatte sie fast vergessen, daß sie heute mit ihm essen mußten.

Doch gerade als sie und Harry sich von einer netten und unterhaltsamen Gesellschaft verabschiedeten, hatte sie die Stimme gehört, die sie so verabscheute: »Also dann auf morgen, meine Schöne!«

Sie fuhr auf. Als sie begriff, wer gesprochen hatte, antwortete sie bemüht höflich: »Ja, natürlich. Harry und ich freuen uns sehr darauf.«

Dann war sie schnell zu der Kutsche gegangen, die auf sie wartete.

Sie war niedergeschlagen und dachte, daß der Abend sicherlich unangenehm werden würde, obwohl Harry bei ihr war, um sie zu beschützen.

Rose, das Hausmädchen, half ihr beim Ankleiden. Während sie ihr das Kleid am Rücken schloß, sagte sie: »Sie sehen wundervoll aus, Mylady, wirklich, es ist eine Freude, Sie anzuschauen!«

»Danke«, antwortete Arilla, »aber Miss Mimi ist sicher viel hübscher, wenn sie ausgeht.«

Sie sagte das einfach auf gut Glück, denn bisher war es ihr unmöglich gewesen, mit Harry über die Besitzerin des Hauses zu sprechen. Auch hatte sie das Gefühl, die Dienerschaft erwähnte sie nur ungern.

Sie fand das seltsam, denn nichts konnte geschmackvoller

eingerichtet sein als das Zimmer, in dem sie schlief. Harry hatte gesagt, daß die Möbel und Bilder Lord Barlow gehörten. Aber es gab in dem Haus eine ganze Reihe von Dingen, die offensichtlich einer Frau gehörten und an die ein Mann nie denken würde.

Es entstand eine kleine Pause, und dann sagte Rose: »Ja, natürlich, Mylady, aber das ist etwas anderes.«

Und gerade als Arilla das Gespräch fortsetzen wollte, fragte sie: »Welchen Schmuck werden Sie tragen, Mylady, wenn ich fragen darf?«

Arilla musterte ihr Bild im Spiegel. Ohne Schmuck war von ihrer weißen Haut wirklich viel zu sehen. Sie war sicher, bei Lord Rochfield sofort wieder das Gefühl zu bekommen, daß ihr Ausschnitt zu tief war. Deshalb fragte sie sich zum ersten Mal, warum Harry gerade heute keine Juwelen ausgeborgt hatte, die sie tragen konnte.

Am ersten Abend, an dem sie zusammen ausgegangen waren, hatte, als sie herunterkam, auf einem der kleinen Tische im Salon ein Etui gelegen. Harry hatte es geöffnet und gesagt: »Ich habe noch ein wichtiges Accessoire zu deiner Erscheinung als reiche Witwe mitgebracht.«

»Was denn?« fragte Arilla.

»Diamanten!« sagte Harry knapp.

Arilla sah ihn erstaunt an, und er öffnete das Etui. Darin lag ein großes, reich verziertes Halsband aus Diamanten.

Arilla hatte der Atem gestockt.

»Harry! Woher hast du das?«

»Ich habe es geliehen«, hatte er erklärt, »und, um Himmels willen, verlier es bloß nicht! Ich könnte mir nie leisten, es zu ersetzen!«

»Es ist... großartig!« sagte Arilla vorsichtig.

Eigentlich fand sie es eher ein bißchen überladen, fast vulgär. Aber sie dachte daran, daß sie ja als die reiche Witwe auftreten mußte, als die Harry sie eingeführt hatte, und eine verheiratete Frau trug natürlich Juwelen. Sie selbst hatte das nicht bedacht.

Als sie bei der Gräfin von Jersey angekommen waren, hatten eine ganze Menge Leute, denen sie vorgestellt wurde, ihr Halsband ebenso prüfend gemustert wie ihr Gesicht.

Danach hatte Harry sie vor jedem Fest mit irgendeinem Schmuck versehen. Gestern abend hatte er ihr ein Halsband gebracht, das ihr wirklich protzig und geschmacklos vorkam. Sie legte es um, weil er es von ihr erwartete.

Doch kaum hatte er sie angesehen, sagte er: »Nimm das Ding ab! Ich wußte, daß es nicht das richtige war, aber nachdem eine Freundin von mir so großzügig war, mir etwas zu leihen, konnte ich nicht gut ihre Auswahl kritisieren.«

»Das war wirklich sehr nett von ihr«, sagte Arilla. »Aber gleichzeitig bin ich froh, daß es dir nicht gefällt.«

Harry hatte vorgeschlagen, daß sie statt dessen einfach ein Samtband um den Hals tragen und eine einzelne weiße Orchidee daran befestigen solle. Arilla wirkte damit wie der Frühling selbst. Ohne daß es ihr selbst bewußt war, sah sie lieblicher aus als je zuvor.

Ihre Aufmachung hatte bei einigen älteren Damen auf dem Fest Anklang gefunden. Harry hörte eine von ihnen sagen: »Diese reiche Witwe ist doch wirklich sehr bescheiden. Sie benimmt sich so zurückhaltend und würdevoll!«

»Da haben Sie recht«, hatte die andere Matrone geantwortet. »Und mir gefällt es, daß sie so gar nicht ihren Schmuck zur Schau stellt. Ich werde sie bestimmt auf meine Besuchsliste setzen.«

Als Harry Arilla dieses Gespräch wiedergab, lachte sie. Jetzt dachte sie, es wäre ihm sicher recht, wenn sie den Erfolg wiederholen könnte, den sie mit den Blumen gehabt hatte, anstatt Schmuck zu tragen, der ihr gar nicht gehörte. Sie schickte Rose nach unten, um eine kleine Blüte aus all den Buketts und Blumenkörbchen herauszusuchen, die den ganzen Tag über für sie gebracht worden waren. Unglücklicherweise paßten die Blumen, die Rose brachte, nicht recht. Schließlich hatte Arilla ein rosafarbenes Samtband um ihren Hals gebunden, ohne es zu schmücken.

»Das sieht sehr hübsch aus, Mylady«, sagte Rose zustimmend.

»Ich wünschte, ich hätte etwas, was ich daran anstecken könnte«, sagte Arilla mehr zu sich selbst als zu dem Mädchen.

»Es sieht gut aus, so wie es ist«, wiederholte Rose, »und ich bin sicher, Mr. Harry – wie wir ihn nennen – wird es auch gefallen.«

»Das hoffe ich«, murmelte Arilla.

Dann fragte sie plötzlich: »Du sagst, ihr nennt Mr. Vernon ›Mr. Harry‹. Kommt er denn oft her?«

»O ja, Mylady«, antwortete Rose. »Miss Mimi ist ganz vernarrt in ihn, wie man so sagt, und es ist zu schade, daß er sich nicht leisten kann...«

Sie brach plötzlich ab, als wäre sie dabei, etwas auszuplaudern, und fügte ein wenig lahm hinzu: »Aber Seine Lordschaft ist sehr großzügig, und wir arbeiten alle sehr gern für ihn.«

»Aber er wohnt nicht hier, nicht wahr?« fragte Arilla.

Sie erinnerte sich daran, wie sie einmal mit Harry über den Berkeley Square gefahren war. Er hatte ihr Barlows Haus gezeigt, und sie war davon sehr beeindruckt gewesen.

»O nein, Mylady!« sagte Rose. »Seine Lordschaft kommt nur, wenn er kann, wie man so sagt, aber es gibt noch andere Herren – obwohl wir Mr. Harry am nettesten von allen finden.«

Arilla schien das alles sehr verwirrend, aber sie hatte keine Lust, noch weitere Fragen zu stellen. Sie wunderte sich nur darüber, daß ihr niemand klar und deutlich sagen konnte, welchen Platz diese Miss Mimi denn nun eigentlich in Lord Barlows Leben einnahm.

Sie hatte Harry mehrmals gefragt, in welchem Theater Miss

Mimi auftrat, aber seine Antwort war immer unklar, und meist hatte er gesagt: »Zur Zeit hat sie sich zurückgezogen. Deshalb hatte sie auch Zeit, mit Seiner Lordschaft nach Paris zu fahren.«

Deshalb war es Harry auch möglich gewesen, dachte Arilla, das Haus zu mieten, ohne dafür zu zahlen. Außerdem benutzte er, was Arilla ebenfalls seltsam vorkam, eine Kutsche und Pferde aus Lord Barlows Stall. Trotzdem war sie zufrieden, ihm alles überlassen zu können. Gleich würde er kommen, um sie abzuholen.

Sie dachte daran, wieviel netter es wäre, einfach allein mit ihm unten essen zu können, anstatt zu Lord Rochfields Einladung gehen zu müssen. Wenn sie es recht überlegte, hatte sie Harry nur sehr selten gesehen – außer in Gesellschaft anderer Leute. Er sagte ihr natürlich, was sie anziehen sollte, und musterte sie gründlich, bevor er sie abholte, aber immer gab es eine große Gesellschaft, einen Ball oder einen Empfang, der auf sie wartete. Und wenn sie erst einmal dort waren, wußte sie genau, daß sie keine Möglichkeit mehr hatte, sich mit ihm zu unterhalten. Ihre ganze Aufmerksamkeit mußtc den Herren gelten, denen sie vorgestellt wurde.

Es war ihr unmöglich, nicht jedes Mal, wenn sie eine Bekanntschaft machte, daran zu denken, daß dies der Mann sein könnte, den sie heiraten müßte. Gestern abend hatte sie, obwohl das nach so kurzer Zeit fast unglaublich schien, ihren ersten Heiratsantrag bekommen, von einem jungen Peer, den sie erst zweimal auf irgendwelchen Gesellschaften getroffen hatte. Er hatte neben ihr gesessen und nur Augen für sie gehabt, obwohl noch dreißig weitere Gäste anwesend waren. Sie fand, daß er sich gegenüber der Dame an seiner anderen Seite ziemlich unhöflich benahm, und es war ihr ein bißchen peinlich gewesen.

Nach dem Essen wurde getanzt. Der Peer hatte darauf bestanden, sie aus dem Ballsaal in ein angrenzendes Zimmer zu führen. Angeblich wollte er ihr ein Bild zeigen, von dem er sicher war, daß es ihr gefallen würde.

Das Zimmer war leer, als sie eintraten, und zu ihrem Erstaunen schloß er die Tür und sagte: »Endlich bin ich einmal mit Ihnen allein. Ich muß diese Möglichkeit nutzen, Sie zu fragen – wollen Sie mir die Ehre geben, meine Frau zu werden?«

Arilla hatte in voller Überraschung angestarrt. Das hatte sie nicht erwartet. Sie hatte sich nicht vorstellen können, daß ein Heiratsantrag so beiläufig und hastig gemacht werden konnte.

Einen Moment lang dachte sie, er mache Witze, doch als sie ihn mit großen, überraschten Augen ansah, sagte er: »Heiraten Sie mich, bitte, heiraten Sie mich! Ich schwöre, ich werde Sie glücklich machen. Es gibt so vieles, was wir auf meinem Anwesen zusammen tun könnten.«

Während er sprach, nahm er ihre Hand in seine, und weil sie nach dem Abendessen ihre Handschuhe nicht wieder angezogen hatte, bedeckte er sie mit Küssen. Seine Lippen fühlten sich hart und drängend an und waren ihr unangenehm.

»Es tut mir... leid«, fing sie mit zitternder Stimme an, als zu ihrer Erleichterung die Tür geöffnet wurde und mehrere Gäste das Zimmer betraten. So war es für sie einfach zu entkommen. Sie bestand darauf, in den Ballsaal zurückzukehren, und sobald sie dort war, lief sie zu Harry.

Er unterhielt sich mit einer sehr schönen Frau, neben der er auch während des Essens gesessen hatte. Arilla konnte sehen, daß sie sehr in ihn verliebt war. Sie sah ihn in einer Weise an, die ihre Gefühle deutlich ausdrückte. Jetzt stand sie sehr nah neben ihm, hatte das Gesicht zu ihm erhoben und schien etwas sehr Persönliches zu sagen. Ihre Hand, an der ein großer Diamantring blitzte, ruhte auf Harrys Arm.

Als Arilla neben ihm auftauchte, lächelte er sie an und sagte: »Da bist du ja! Ich hatte gehofft, eine Möglichkeit zu bekommen, dir eine meiner ältesten und natürlich engsten Freundinnen vorzustellen – die Marquise von Westbury.«

Die Marquise aber schien nicht sehr erfreut über Arillas Auftauchen. Sie nickte ihr nur ziemlich geringschätzig zu und sagte: »Vergiß es nicht, Harry. Ich erwarte dich und werde sehr böse sein, wenn du nicht kommst.«

»Wie könntest du mir je böse sein?« fragte Harry.

In seiner Stimme lag ein spöttischer Ton, und als die Marquise sich abwandte, sah er Arilla stirnrunzelnd an.

»Was ist los mit dir?« fragte er so leise, daß nur sie es hören konnte.

»Das kann ich dir... hier nicht sagen«, antwortete Arilla. Sie hatte Angst, daß man hören könnte, was sie ihm erzählte.

»Dann laß uns tanzen«, sagte Harry, legte den Arm um sie und zog sie zur Tanzfläche.

Das Orchester spielte einen langsamen Walzer, den die Prinzessin de Lieven gerade in London eingeführt hatte. Die Matronen waren empört, daß es ein schamloser Tanz sei. Sie stellten die Frage, ob es einem jungen Mädchen – oder einer älteren Dame – zukomme, so nah mit einem Mann zu tanzen.

Arilla hatte schon herausgefunden, daß Harry ein großartiger Tänzer war. Während sie über das glänzende Parkett glitten, sagte sie mit nervöser, unsicherer Stimme: »Der Earl von Fladbury... hat mir gerade... einen Antrag gemacht!«

Während sie sprach, hatte sie große Angst, Harry könnte ihr sagen, sie müsse ihn heiraten. Aber zu ihrer Überraschung lachte Harry nur, und es klang sehr ehrlich.

Sie sah ihn an, als suche sie in seinem Gesicht nach einer Erklärung, und er sagte: »Ich habe mir schon gedacht, daß Fladbury so etwas vorhat, und ich wollte dich schon längst warnen.«

»Warum?«

»Er sucht eine reiche Frau!«

Arilla stieß einen Seufzer der Erleichterung aus.

Als wüßte er, was sie fühlte, sagte Harry: »Mach dir um Fladbury keine Sorgen. Er ist hinter jeder Erbin her, die hier in den letzten zwei Jahren aufgetaucht ist. Jeden Monat gerät er tiefer und tiefer in Schulden.«

»Ich... ich hatte... Angst«, gab Arilla flüsternd zu.

»Daß du ihn heiraten müßtest?« fragte Harry. »Das ist etwas, was du wirklich nie hättest tun müssen. Er ist in den Händen der Wucherer und völlig zahlungsunfähig. Ich würde ihn nicht einmal meinem ärgsten Feind an den Hals wünschen!«

Was er sagte, brachte Arilla wieder zum Lachen. Während Harry sie herumwirbelte, fand sie die Gesellschaft plötzlich unterhaltsam, und das Licht der Kronleuchter schien heller zu strahlen als zuvor.

Wie schwierig und langweilig die Einladung heute abend auch immer werden würde, dachte Arilla, wenigstens würde ihr ein Heiratsantrag von Lord Rochfield erspart bleiben. Andererseits mochte sie weder ihn selbst noch das, was er sagte. Sie konnte nur hoffen, daß die anderen Gäste interessanter waren als er, und daß sie und Harry nicht zu lange bleiben mußten.

Rose brachte ihr von der Garderobe einen Umhang, den sie über ihr Kleid legen konnte. Er war sehr hübsch, aus blaßblauem Samt, der zu den meisten ihrer Kleider paßte, und besetzt mit weißen Marabufedern. Liza hatte gesagt, daß das hochmodern sei. Rose legte ihr den Umhang lose um die Schultern.

Während Arilla einen letzten Blick auf ihr Spiegelbild warf, klopfte es an der Schlafzimmertür.

Rose öffnete, und das Stubenmädchen meldete: »Die Kutsche ist hier, Mylady, aber der Bursche sagt, Mr. Vernon sei aufgehalten worden, und er wird Sie bei Seiner Lordschaft treffen.«

Arilla fühlte einen kleinen Stich der Enttäuschung. Etwas, was ihr wirklich gefiel, war, mit Harry allein zu sein, wenn er kam, um sie irgendwohin abzuholen. Auf dem Hinweg und zurück nach Hause konnte sie sich mit ihm unterhalten, ohne so tun zu müssen, als sei sie eine reiche Witwe.

Sie überlegte, was Harry wohl aufgehalten haben könnte. Sicher war es die Marquise von Westbury oder jemand wie sie. Sie hatte genau bemerkt, wie beliebt Harry bei den schönen Frauen war, die sie jeden Abend und überall trafen. Sie waren alle viel älter als Arilla, weltgewandt, geistreich und so schön, daß es wirklich nicht verwunderlich war, wie vertraut Harry mit ihnen zu sein schien. Und sie zeigten offen, was sie für ihn empfanden.

Es wird ihm sehr lästig sein, sich dauernd um mich kümmern zu müssen, dachte sie.

Die Kutsche war sehr groß und bequem. Arilla hatte sie noch nie gesehen und überlegte, wo Harry sie wohl geliehen haben mochte. Auch die Pferde waren sehr edel, und sobald der Schlag der Kutsche geschlossen war, setzten sie sich in scharfer Gangart in Bewegung.

Arilla hoffte, daß Harry schon dort wäre, wenn sie ankam. Zu spät fiel ihr ein, daß es vielleicht klüger gewesen wäre, die Kutsche etwas warten zu lassen, um ganz sicherzugehen. Statt dessen war sie in dem Moment losgefahren, wo die Kutsche angekommen war.

Doch nun war es nicht mehr zu ändern. Sie konnte nur hoffen, daß schon viele andere Gäste dort wären. Auf diese Weise würde es ihrem Gastgeber unmöglich sein, auf jene vertrauliche Art mit ihr zu sprechen, die sie so verabscheute.

Sie hatte Harry nicht erzählt, wie unruhig Lord Rochfield sie machte, weil sie dachte, er würde es albern finden. Er hatte ihr deutlich gesagt, daß es ein Fehler wäre, Lord Rochfield zum Feind zu haben.

Gleichzeitig aber gab es etwas an Lord Rochfield, das Arilla angst machte. Sie hatte wirklich das Gefühl, er wäre ein Reptil, vor dem sie sich auf jeden Fall in acht nehmen mußte.

Die Kutsche brauchte nicht mehr als zwanzig Minuten bis zu

Rochfield House am Piccadilly. Rochfield House lag nicht weit entfernt von dem prunkvollen Haus am Hyde Park Corner, das sich der Herzog von Wellington gerade hatte bauen lassen. Es ging auf den Green Park hinaus. Das Haus war vom Piccadilly etwas zurückgesetzt erbaut. Der Eingang war sehr beeindrukkend. Das Doppelportal wurde von zwei aufrecht stehenden Einhörnern gekrönt. Arilla nahm an, daß sie Teil von Lord Rochfields Wappen waren.

Ein roter Teppich war über die Stufen ausgebreitet, die zum Eingang hinaufführten, und in der marmornen Halle warteten ein Butler und vier Lakaien. Einer von ihnen nahm Arilla den Samtumhang ab, und der Butler führte sie eine geschwungene Treppe hinauf in den ersten Stock.

Er hielt aber nicht dort an, wo Arilla den Salon vermutete, gleich am oberen Ende der Treppe, sondern ging einen breiten Flur hinunter. Er wurde von Kerzen in goldenen Wandhaltern erleuchtet. An den Wänden hingen einige beeindruckende Bilder.

Zu jeder anderen Zeit hätte sich Arilla sowohl für die Bilder interessiert als auch für die kostbaren französischen Möbel, die darunter standen. Doch jetzt war sie besorgt, weil noch keine anderen Gäste anwesend zu sein schienen. Sie war sicher, zu früh gekommen zu sein. Wieder wünschte sie, sie hätte die Kutsche warten lassen und wäre erst später eingetroffen. Sie hatte auf anderen Gesellschaften bemerkt, daß es immer eine vornehme und bezaubernde Schöne gab, die als letzte ankam und mit Absicht geradezu theatralisch auftrat, wenn alle anderen schon versammelt waren.

Das hätte ich auch tun sollen! sagte Arilla zu sich. Wie konnte ich nur so dumm sein? Wenn ich schon allein herkommen mußte, hätte ich wirklich warten sollen, bis Harry ganz sicher hiergewesen wäre!

Der Butler öffnete eine Tür.

»Lady Lindsey, Mylord!« meldete er.

Als sie das Zimmer betrat, stellte Arilla beklommen fest, daß sich darin außer Lord Rochfield niemand befand. Er stand vor dem marmornen Kamin, der von zwei chinesischen Vasen flankiert wurde. Sie waren mit Lilien gefüllt.

Arilla merkte, daß er sich absichtlich nicht bewegte, um sie zu begrüßen, sondern wartete, bis sie auf ihn zukam. Sie ging langsamer, als sie es sonst zu tun pflegte, weil sie Angst hatte. Sie konnte nicht ahnen, daß ihre Augen immer größer wurden, bis sie ihr ganzes Gesicht auszufüllen schien und ihre Gefühle widerspiegelten.

Erst als sie Lord Rochfield fast erreicht hatte, sagte sie: »Ich fürchte... Mylord... ich bin ein wenig... zu früh... Mein Cousin ist aufgehalten worden und... ließ mir sagen, er würde... mich hier treffen.«

»Vernon hat sicher gute Gründe für seine Verspätung«, antwortete Lord Rochfield, und Arilla haßte ihn für die deutliche Anspielung, die in seinen Worten lag. »Aber Sie sind hier, und nur darauf kommt es an.«

Er nahm ihre Hand und führte sie an die Lippen. Als er sie berührte, fühlte Arilla einen Schauer über ihren Rücken kriechen.

Ein Lakai war ihr mit einem Tablett in das Zimmer gefolgt, auf dem zwei Gläser mit Champagner standen. Er bot eines Arilla an, das sie nahm, und ging dann mit dem anderen zu Lord Rochfield.

Als er es ergriff, sagte Lord Rochfield: »Heute abend muß ich auf ein ganz besonderes Ereignis trinken. Sie besuchen zum ersten Mal mein Haus, und ich hoffe, es gefällt Ihnen.«

»Ich habe gesehen, daß Sie einige schöne Bilder haben«, bemerkte Arilla, weil sie glaubte, dies sei ein unverfängliches Thema für eine Unterhaltung.

»Einige davon stellen Göttinnen dar«, antwortete er. »Aber keine von ihnen ist so schön und so verführerisch wie Sie!«

Während er sprach, ließ er einen Blick über ihre Gestalt wandern und gab ihr das Gefühl, ihr Kleid wäre nicht nur zu tief ausgeschnitten, sondern auch durchsichtig.

Unwillkürlich blickte Arilla zur Tür. Krampfhaft überlegte sie, warum Harry noch nicht gekommen war und wo die anderen Gäste sein mochten.

Zu ihrer Erleichterung öffnete sich genau in diesem Moment die Tür. Doch es war nicht Harry, der eintrat, sondern der Butler. Er meldete niemanden, sondern ging durch den Raum zu Lord Rochfield hinüber.

»Gerade kam ein Bote von Mr. Vernon, Mylord. Er läßt Ihnen ausrichten, daß er hofft, Eure Lordschaft werden seine Entschuldigung annehmen, aber unglücklicherweise erlauben ihm gewisse Umstände, auf die er keinen Einfluß hat, nicht, heute abend mit Eurer Lordschaft zu speisen.«

»Danke«, sagte Lord Rochfield.

Der Butler ging hinaus, und Arilla sagte rasch: »Was, glauben Sie, könnte passiert sein? Warum sollte Harry in letzter Minute Ihrer Einladung fernbleiben?«

Lord Rochfield lächelte wissend. »Das ist doch leicht zu erklären. Die ›Umstände‹, auf die Ihr Cousin keinen Einfluß hat, könnten zum Beispiel der Prinzregent sein. Oder vielleicht hat er eine interessantere Einladung von unserer hübschen Marquise.«

»Aber das wäre sehr... unhöflich«, sagte Arilla mit leiser Stimme.

»Für mich kommt es wie ein Geschenk des Himmels«, antwortete Lord Rochfield. »Wie durch ein Wunder werde ich Sie ganz für mich allein haben.«

Arilla holte tief Luft. »Aber... was ist mit den... anderen Gästen?« fragte sie gezwungen.

»Ich wollte mich mit *Ihnen* unterhalten, meine Schöne«, gab er zurück. »Und mir wäre es gar nicht recht gewesen, Ihre Aufmerksamkeit – oder meine – auch noch auf andere Gäste ausdehnen zu müssen, die ohnehin nur im Weg gewesen wären.«

»W... wollen Sie damit sagen... wir sind allein?«

»Was könnte wohl reizvoller sein?« fragte Lord Rochfield. »Ich darf wohl sagen, daß ich sehr lange auf diesen Abend gewartet habe, und ich bin sicher, ich werde nicht enttäuscht werden!«

In seiner Stimme lag eine drohende Eindringlichkeit. Arilla wagte nicht, ihn anzusehen, weil sie sich vor dem fürchtete, was sie in seinen Augen lesen würde. Während sie krampfhaft nach etwas suchte, was sie sagen und womit sie sich schützen konnte, wurde das Essen angekündigt.

Lord Rochfield bot ihr seinen Arm. Es blieb ihr nichts anderes übrig, als ihre Finger sehr leicht daraufzulegen und ihm zu gestatten, sie aus dem Zimmer auf den weiten Flur zu führen.

Arilla hatte erwartet, daß sie die Treppe hinuntergehen würden, da sie annahm, daß das Eßzimmer sich, wie es üblich war, im Erdgeschoß befand. Statt dessen führte Lord Rochfield sie weiter den Flur entlang. Die Tür, die ein Lakai für sie öffnete, schien Arilla fast am hinteren Ende des Hauses zu liegen.

Der Raum, den sie betraten, war klein und mit Sofas und Lehnstühlen gemütlich eingerichtet. Alles war im Überfluß mit weißen Blumen geschmückt.

Trotz dieser Pracht konnte Arilla an nichts anderes denken als daran, daß in der Mitte des Zimmers ein Tisch für zwei Personen gedeckt war. Er wurde von einem goldenen Kandelaber beleuchtet, in dem vier Kerzen steckten.

Anscheinend sollte sie ihrem Gastgeber nicht gegenübersitzen, sondern neben ihm. Während ein Lakai den ersten Gang servierte, schenkte der Butler den Wein ein. Arilla war sich bewußt, daß der Raum lediglich von dem Kandelaber und zwei Kerzen, die auf einer Anrichte standen, erleuchtet wurde.

Die ganze Szene kam ihr äußerst gespenstisch vor. Sie aß in einem Raum, der mehr einem Wohn- als einem Eßzimmer glich und mit all den weißen Blumen fast wie eine Gartenlaube geschmückt war, allein mit einem Mann zu Abend, den sie von

Herzen verabscheute. Sie hatte das Gefühl, unmöglich etwas essen zu können und an jedem Bissen ersticken zu müssen. Da aber die Diener im Raum waren, wußte sie, daß sie vorsichtig sein mußte.

Gleichzeitig dachte sie fieberhaft darüber nach, wie sie aus dieser Situation, von der sie wußte, daß sie gefährlich war, entkommen konnte.

Als könne er ihre Gedanken lesen und wolle sie beruhigen, fing Lord Rochfield an, sehr unterhaltsam von seinen Besitzungen zu erzählen und von den Festen, die sie beide in den letzten Tagen besucht hatten.

Trotzdem vermied es Arilla, seinem Blick zu begegnen. Sie war sicher, daß er, während sie ihr Gesicht abgewandt hielt, sie auf jene Weise ansah, die sie so sehr verabscheute.

Das Essen war weniger umfangreich, als sie erwartet hatte, doch was sie herunterbekommen hatte, war ausgezeichnet gewesen. Nachdem es vorüber war, sagte Lord Rochfield: »Jetzt sollten wir uns etwas gemütlicher auf das Sofa setzen – und ich werde Sie davon überzeugen, daß Sie einen ganz besonders exotischen Likör trinken müssen, während ich mir ein Glas Brandy genehmige.«

»Ich möchte gar nichts mehr!« sagte Arilla rasch.

Sie hatte bemerkt, daß ihr Champagnerglas immer wieder gefüllt worden war, obwohl sie nur in ganz kleinen Schlucken daraus getrunken hatte. Sie befürchtete, selbst wenn sie nur wenig trank, ihre Wachsamkeit zu verlieren und damit vielleicht eine Möglichkeit zu versäumen, Lord Rochfield zu entkommen, ohne dabei eine unangenehme Szene heraufzubeschwören.

Weil ihr nichts anderes übrigblieb, stand sie vom Tisch auf. Während die Diener rasch abdeckten, sagte sie: »Ich denke... weil Ihre Gäste doch nicht... erschienen sind... gehört es sich für mich jetzt... mich von Ihnen zu... verabschieden und... nach Hause zu fahren.«

Lord Rochfield lachte. »Das kann ich auf keinen Fall zulassen. Und meine Kutsche, die Sie hierhergebracht hat, wird sicher erst viel später draußen auf Sie warten.«

»*Ihre* Kutsche?« fragte Arilla.

»Aber sicher!« antwortete Lord Rochfield. »Ich wollte ganz sichergehen, daß Sie kommen.«

Sie fand es seltsam, daß Harry Lord Rochfield erlaubt haben sollte, sie abholen zu lassen, aber sie sagte nichts.

Trotz ihrer Weigerung stellten die Diener ein Glas neben sie, in dem sicher sehr starker Likör war. Sie übersah es absichtlich und setzte sich so weit von Lord Rochfield entfernt in eine Ecke des Sofas, wie es nur möglich war.

Dann sagte sie: »Ich... ich hoffe, Mylord, Sie werden meinen Wunsch, meinen... guten Ruf nicht dadurch zu gefährden, daß ich... hier... mit Ihnen allein bin... respektieren... Ich hatte das... nicht erwartet... und ich würde gern... gehen... jetzt, wo das Essen vorüber ist.«

»Ihr guter Ruf ist bei mir in den besten Händen«, sagte Lord Rochfield, »und es gibt keinen Grund, warum irgend jemand erfahren sollte, daß wir hier allein gewesen sind. Was zwischen uns geschieht, wird unser Geheimnis sein – es sei denn, Sie plaudern, aber das halte ich für unwahrscheinlich.«

Er rückte ein wenig näher, während er sprach. Sie fühlte, wie sie erschauderte.

»Davon habe ich den ganzen Tag geträumt!« sagte Lord Rochfield ruhig. »Haben Sie bemerkt, daß die Blumen hier und drüben, in dem anderen Raum, in den wir gleich hinübergehen werden, ein Tribut an Ihre Schönheit sind?«

»Sie... sie sind wunderhübsch!« sagte Arilla rasch. »Ich habe Lilien sehr gern.«

»Es kommt mir selbst seltsam vor, daß ich sie mit Ihnen in Verbindung bringe, wo Sie doch verheiratet waren«, bemerkte Lord Rochfield. »Aber an Ihnen ist etwas so Unschuldiges und Unberührtes.«

Er schwieg einen Moment, und ein lüsternes Grinsen breitete sich auf seinem Gesicht aus. Dann fuhr er fort: »Das sagt mir, daß ich, wenn ich schon nicht der erste Mann bin, der Sie berührt, doch der erste sein werde, der in Ihnen die Freude und Lust an der Liebe weckt.«

Sein Tonfall gab Arilla das Gefühl, einer gefährlichen Schlange ausgeliefert zu sein, und etwas in ihr wollte aufspringen und davonrennen.

Statt dessen hob sie ihr Kinn ein wenig und sagte: »Ich... ich denke, Sie sollten nicht... so zu mir sprechen. Wenn Sie mir nicht von all den kostbaren Dingen berichten wollen, die Sie besitzen und die... unvorstellbar wertvoll sein müssen... bin ich sicher, daß ich... gehen muß.«

Lord Rochfield lachte wieder. »Ich finde Sie zauberhaft!« sagte er. »Ich weiß, daß Sie Angst haben, und trotzdem widersetzen Sie sich mir sehr tapfer.«

In seiner Stimme lag fast so etwas wie Zärtlichkeit, als er fortfuhr: »Wollen Sie hören, daß Sie mich fesseln, wie es seit langem keine Frau mehr konnte?« Er unterbrach sich, grinste sie wieder an wie vorher und sagte: »Wenn ich Sie erst die ersten Lektionen des Verlangens gelehrt habe, werden Sie dahinterkommen, wie gut wir miteinander auskommen – und auf welche angenehme Weise!«

Er streckte seine Hand nach ihr aus, während er sprach, und trotz ihres Entschlusses, ruhig zu bleiben, sprang Arilla auf wie ein erschrecktes Reh. Sie wollte zur Tür rennen, doch Lord Rochfield griff nach ihr und hielt sie am Handgelenk fest.

»Nicht so eilig, meine Liebe!« sagte er. »Ich möchte Ihnen etwas zeigen – etwas, das Ihnen besser sagen wird als alle Worte, was ich wirklich von Ihnen möchte.«

»Lassen Sie mich gehen!«

Mit fast übermenschlicher Anstrengung gelang es Arilla, ruhig und leise zu sprechen. Sie hoffte, es hörte sich wie ein Befehl an.

Lord Rochfield, der noch immer ihr Handgelenk gepackt hielt, erhob sich. Sie hatte erwartet, daß er sie umarmen würde, doch statt dessen ging er, während er sie weiter festhielt, auf eine Tür zu, die sie vorher nicht bemerkt hatte. Sie befand sich in einem Winkel, nahe einem von Vorhängen verhüllten Fenster, und führte offenbar in ein anderes Zimmer. Er öffnete sie, und wieder sah sie überall große Vasen mit Lilien stehen und nahm Duft wahr, der den Raum füllte.

Dann bemerkte Arilla ein großes Himmelbett. Die Decken waren zurückgeschlagen und ließen die mit Seide gesäumten Kissen sehen. Das Licht zweier kleiner Kandelaber, die an beiden Seiten des Bettes standen, tauchten die Szene in dämmriges Licht.

Ohne ein Wort sagen zu können, starrte Arilla verwirrt durch die Tür.

Dann sagte Lord Rochfield: »Nun weißt du, was ich will, und ich werde es mir nehmen! Du gehörst mir, meine Schöne, und es gibt kein Entkommen!«

Während er sprach, legte er seinen Arm um sie.

Erst in diesem Moment begriff Arilla, daß sie in eine Falle gegangen war. Mit einem Schreckensschrei begann sie, sich gegen ihn zu wehren. Das hatte er offenbar erwartet, denn jetzt legte er beide Arme um sie und hielt sie mit eisernem Griff an sich gepreßt.

Sie wußte, daß sie verloren war und konnte nur schreien und wieder schreien...

Harry trat durch die Tür des Hauses in der Half Moon Street, in dem er lebte, und stieg die drei Treppen zum oberen Stockwerk hinauf. In der Half Moon Street gab es einige der angenehmsten Wohnungen für die jungen Herren, die in St. James verkehrten.

Harry hatte gewußt, daß diese Wohnlage eine Mode war, die er sich eigentlich nicht leisten konnte. Doch es war Watkins gewesen, der ihm während seiner Zeit bei der Leibwache aufgewartet hatte, der das Dachgeschoß in Nr. 19 fand. Dort wurden Kisten der Mieter aufbewahrt, die in den Stockwerken darunter wohnten, und alle möglichen Möbel, die gerade nicht gebraucht wurden.

Irgendwie war es Watkins gelungen, den Besitzer des Hauses davon zu überzeugen, daß die winzige Miete, die Harry zahlen konnte, besser war als gar nichts. Auf diese Weise hatte Harry zwei kleine Bodenzimmer mieten können, die ihm als Schlaf- und als Wohnzimmer dienten.

Es war Watkins, der dort für Ordnung und Sauberkeit sorgte, und er kümmerte sich so sorgfältig um Harrys Garderobe, daß dieser stets der bestangezogene und gepflegteste Mann in der ganzen *Beau Monde* war.

»Es hat keinen Zweck, Watkins«, hatte Harry gesagt, als sie das Regiment verlassen hatten. »Du weißt, wieviel mir daran gelegen wäre, dich als meinen Diener zu behalten, aber ich habe nicht das Geld, dich zu bezahlen. Das ist die Wahrheit!«

»Ich weiß schon, Herr Hauptmann«, antwortete Watkins, »aber überlassen Sie das ruhig alles mir.«

»Das würde ich ja gern tun«, gab Harry zurück, »aber es ist einfach unmöglich!«

»Vielleicht«, meinte Watkins starrköpfig. »Vielleicht auch nicht!«

Watkins fand eine Arbeit bei einem der Marktstände. Morgens weckte er Harry und servierte ihm sein Frühstück. Abends, bevor Harry zum Essen ging, half er ihm beim Ankleiden.

Wenn Harry etwas Geld hatte, was nicht sehr oft vorkam, gab er es Watkins. Wenn er keins hatte, lebte Watkins von dem, was er auf dem Markt verdiente, und gab davon noch ziemlich viel für Harry aus.

»Ich weiß wirklich nicht, was ich ohne dich tun würde«, sagte Harry oft genug, und er meinte es wirklich so.

Als er auf dem obersten Treppenabsatz ankam, war er nicht überrascht, alles ordentlich und aufgeräumt vorzufinden. Seine Kleider waren herausgelegt, und er wußte, es würde nicht lange dauern, bis Watkins auftauchte, um sein Bad vorzubereiten und ihn dann anzukleiden.

Er ging in das kleine Wohnzimmer, wo auf dem Schreibtisch unter dem Fenster einige Briefe lagen, die er öffnete. Einige Einladungen waren dabei, die er flüchtig musterte, und mehrere Briefe, deren Adressen in flüssigen, weiblichen Handschriften auf teures Schreibpapier geschrieben waren. Jeder davon roch nach einem anderen Parfüm, so daß er jede einzelne Schreiberin erkennen konnte. Einen, der nach Gardenien roch, warf Harry ungeöffnet zur Seite, ein anderer, mit Veilchenduft, brachte ihn zum Lächeln, und ein dritter schließlich, der das starke Aroma von Rosen trug, ließ einen Glanz in seinen Augen aufscheinen.

Gerade sah er zur Uhr auf dem Kaminsims hinüber, als er Watkins' Schritte in der Tür hörte. Er trug einen Stapel gewaschene und gebügelte Hemden. Sie waren genauso exakt gebügelt, wie Beau Brummel es vor seiner Flucht aufs Festland eingeführt hatte, und die weißen Halstücher waren korrekt gestärkt.

»'n Abend, Herr Hauptmann!« sagte Watkins fröhlich.

»Ich dachte gerade daran, daß es Zeit für mein Bad wäre«, gab Harry zurück.

»Kein Grund zur Eile.«

»Wie meinst du das?« fragte Harry.

»Vorhin, als ich gerade da war, um das hier abzuholen, kam ein Bote«, erklärte Watkins und wies auf den Stapel von Hemden und Halstüchern. »Er sagte, Ihre Ladyschaft hätte Kopfschmerzen und könne heute abend nicht ausgehen.«

»Kopfschmerzen?« wiederholte Harry überrascht. »Ich habe sie heute mittag gesehen, und da sah sie sehr wohl aus.«

Sie waren zum Lunch bei Lady Holland eingeladen gewesen,

einer geistreichen älteren Dame, die berühmt war für die anregenden Unterhaltungen in ihrem Haus und die interessanten Leute, die sich bei ihr trafen. Harry war begeistert gewesen, als er sah, wie gut Arilla einem Gespräch gewachsen war, das sich sehr von dem oberflächlichen, anspielungsreichen Klatsch unterschied, der bei den meisten Gastgeberinnen der *Beau Monde* gepflegt wurde. Tatsächlich hatten ihr zwei der intelligentesten Männer von London aufmerksam zugehört.

Während sie nach Islington zurückfuhren, war sie noch immer so gutgelaunt gewesen wie beim Lunch. Harry hatte es eilig gehabt, um rechtzeitig zu einer Verabredung mit dem Prinzregenten in Carlton House zu kommen. Deshalb hatte er fast vergessen, wie unruhig sei sein mußte, weil sie abends bei Lord Rochfield essen würden.

Jetzt wünschte er, er hätte ihr noch einmal gesagt, daß er sich dort um sie kümmern würde. Er war ziemlich sicher, daß die Kopfschmerzen nur ein Vorwand waren, einem Mann aus dem Weg zu gehen, den sie nicht mochte.

Trotzdem wußte Harry, daß Lord Rochfield ein gefährlicher Feind sein konnte. Er mochte ihn selbst nicht besonders, aber er war reich, und deshalb lag ihm die Gesellschaft zu Füßen. Es wäre mit Sicherheit ein Fehler von Arilla, ihn zu verärgern. Harry fürchtete, er könne sie verleumden oder irgendwelche peinlichen Nachforschungen über sie anstellen lassen, die für sie katastrophale Folgen haben könnten.

Es überraschte Harry nicht sehr, daß sie sich im letzten Moment weigerte, zu diesem Essen zu gehen. Er hatte nicht erwartet, selbst irgendeinen Spaß daran zu finden, obwohl die Essen Seiner Lordschaft für die exzellente Küche und die erlesenen Weine bekannt waren. Jetzt, wo Arilla abgesagt hatte, gab es für ihn an diesem Abend nichts Besonderes zu tun.

Harry lehnte sich in einen bequemen Sessel zurück und

sagte zu Watkins: »Wenn das so ist, werde ich ein Nickerchen machen; gestern abend war es ziemlich spät. Dann werde ich mich umziehen und zu *White's* gehen.«

»Ich dachte mir, daß Sie das tun, Sir«, sagte Watkins, »und dann habe ich genügend Zeit, Ihr Bad vorzubereiten.«

Er verließ den Raum. Während Harry die Augen schloß, dachte er daran, wie hübsch Arilla beim Lunch ausgesehen hatte, und was für ein Erfolg sie war.

Niemand kann sagen, daß ich nicht mein Bestes für sie tue, sagte er zu sich, aber sie sollte wirklich bald einen besseren Antrag bekommen als von diesem Mitgiftjäger Fladbury!

Harrys Lippen verzogen sich zu einem spöttischen Grinsen, als er daran dachte, wie entsetzt Fladbury gewesen wäre, wenn Arilla den Antrag angenommen und er herausgefunden hätte, daß sie genauso arm war wie er selbst.

Er dachte noch immer darüber nach, wie hübsch Arilla ausgesehen hatte, als er einschlief.

Watkins weckte Harry mit den Worten: »Ihr Bad ist fertig, Herr Hauptmann, und wenn Sie sich nicht beeilen, Sir, wird es kalt!«

Harry gähnte und ging in sein kleines Schlafzimmer hinüber. Er ließ sich von Watkins aus seinem modisch engen Rock und den noch engeren, dichtgewebten champagnerfarbenen Hosen helfen, die ihm paßten wie eine zweite Haut.

Er hatte ein entspannendes Bad genommen und kämmte sein Haar gerade zu jener eleganten Windstoßfrisur, die der Prinzregent eingeführt hatte, als Watkins sagte: »Ich muß gerade daran denken, Herr Hauptmann, daß die Nachricht von Ihrer Ladyschaft und die, die für Sie kam, vom selben Boten gebracht wurden.«

»Was meinst du damit – die, die für mich kam?« fragte Harry.

»Nun, als ich herkam, um Ihre Hemden zu holen, Sir«, sagte

Watkins, »da komm' ich gerade durch die Tür unten, als ein Junge zu mir sagt: ›Ich hab' eine Nachricht von Lady Lindsey für Mr. Vernon.‹ ›Er ist nicht da‹, sag' ich, ›sag's mir!‹ ›Ihre Ladyschaft hat Kopfschmerzen, und es tut ihr leid, aber sie kann heute abend nicht ausgehen‹, sagt der Junge. ›In Ordnung‹, sag' ich, ›ich sag's ihm.‹ Und er verschwindet.

Und in dem Moment fällt mir ein, daß in dem Haus in Islington, wenn ich mich recht erinnere, nie irgendwelche männlichen Diener gewesen sind, wenn wir dort waren. Und ich frage mich, was er dort wohl macht.«

»Weiter!« sagte Harry kurz.

»Nun, ich bin rauf, um die Hemden zu holen«, fuhr Watkins fort. »Hab' ein bißchen aufgeräumt, und als ich nach einer halben Stunde wieder unten an der Treppe bin, fällt mir ein, daß ich die Halstücher oben vergessen hab'. Also geh' ich wieder rauf, und wie ich runterkomme, steht da derselbe Junge.

›Hallo‹, sag' ich, ›was gibt's denn diesmal?‹ ›Noch 'ne Nachricht für Mr. Vernon‹, sagt er. ›Was ist es denn jetzt?‹ frag' ich. ›Ich soll sagen, daß es Lord Rochfield leid tut, aber das Essen heute abend kann leider nicht stattfinden!‹

Er hat das ziemlich runtergeleiert«, meinte Watkins, »als hätte er es auswendig gelernt. Dann ist er schnell weg.«

Harry wandte sich an der Frisierkommode um. Seine Stirn war gerunzelt.

»Irgend etwas stimmt hier nicht!« sagte er scharf. »Gib mir meinen Rock!«

Watkins half ihm in den Abendanzug. »Ich wußte, daß Sie sich Sorgen machen, Sir«, sagte er, »aber ich dachte, das war doch seltsam!«

»Zu seltsam, für meinen Geschmack!« sagte Harry.

Er nahm den Zylinder, den Watkins ihm hinhielt, legte ihn aber auf einen Stuhl.

»Wenn ich ihn brauche, komme ich ihn später holen.«

Dann, bevor Watkins etwas erwidern konnte, war er die Treppen hinunter- und zur Tür hinausgerannt.

Er brauchte nur wenige Minuten, um zu den Ställen zu gelangen, die auf der Rückseite der Häuser am Piccadilly lagen. Die große Stallung, die zu Rochfield House gehörte, befand sich außerhalb der Gartenmauer.

Harry trat in den ersten besten Verschlag, in dem ein Kutscher und zwei Stallknechte beim Licht einer flackernden Kerze Karten spielten. Sie sahen ihn erstaunt an, als er in der Tür erschien. Der Kutscher sprang auf.

»Ich frage mich, ob ihr mir helfen könnt«, sagte Harry. »Ich bin bei Seiner Lordschaft heute abend zum Essen eingeladen und habe mich, wie man sieht, sehr verspätet. Ich wohne gleich um die Ecke, so daß es keinen Sinn hatte, meine eigene Kutsche zu benutzen.« Er lächelte die Männer an. »Damit ich nicht erst um das ganze Anwesen herum zum Vordereingang laufen muß, wäre es furchtbar nett von euch, wenn ihr mich durch das Gartentor einlassen könntet. Ich kenne den Weg, ich war schon öfter hier.«

»Selbstverständlich, Sir«, antwortete der Kutscher. »Ich hab' den Schlüssel, hängt gleich hier an einem Nagel.«

Er führte ihn über den gepflasterten Hof und öffnete in der hohen Mauer eine kleine Tür, die in den Garten führte. Harry bedankte sich und gab ihm eine Silbermünze. Er wartete, bis er hörte, wie der Schlüssel draußen im Schloß wieder gedreht wurde. Dann lief er über den Rasen auf das Haus zu.

Er kannte den Grundriß und bemerkte, als er sich näherte, sofort, daß weder im Eßzimmer noch im Salon im Erdgeschoß Licht brannte. Er hatte viel darüber gehört, wie Rochfield die Damen bewirtete, die er begehrte.

Er blickte auf und sah die erleuchteten Fenster im ersten Stock, ganz am Ende des Gebäudes. Zu stark, als daß er ihn hätte leugnen können, war in ihm der Verdacht, daß er genau dort den Besitzer des Anwesens finden würde. Ein fest gefügtes

Spalier für die Rosen, die gerade zu blühen begannen, bedeckte die Hauswand bis zum ersten Stock.

Gerade als Harry sich hinaufziehen wollte, hörte er Arilla schreien.

## 5. KAPITEL

Mit einer Kraft, gegen die Arilla nichts ausrichten konnte, hob Lord Rochfield sie in seine Arme und warf sie auf das Bett. Seine Brutalität verschlug ihr für einen Moment den Atem. Dann bemerkte sie, daß er einen Moment von ihr abließ, wußte, daß sie versuchen mußte, aufzustehen. Doch bevor sie etwas unternehmen konnte, warf er sich auf sie. Dabei bemerkte sie, daß er sie deshalb einen Moment lang freigegeben hatte, weil er seinen samtenen Rock und sein Halstuch abgelegt hatte. Er trug nur noch ein dünnes Batisthemd und lange, enge schwarze Hosen und erdrückte sie fast unter sich. Sie konnte nicht einmal mehr schreien.

Sie versuchte, sich zu wehren und stieß mit den Händen nach ihm. Als sie spürte, wie er an ihrem Kleid zerrte, wußte sie, was er vorhatte.

In diesem Moment schrie sie voll Panik: »Nein, nein, nein!«

Aber ihr Schrei wurde schwächer und schwächer, bis sie, erfüllt von einer Angst, die sie wie ein Messer durchschnitt, erkannte, daß es kein Entkommen gab.

Oh, lieber Gott... hilf... mir! betete sie in ihrem Herzen.

In diesem Moment nahm sie irgendwo im Raum ein leises Geräusch wahr. Einen Moment später wurde Lord Rochfield gewaltsam von ihr fortgerissen.

In seiner Entschlossenheit, Arilla zu vergewaltigen und erregt durch ihren Widerstand, hatte er nicht bemerkt, daß Harry durchs Fenster in das Zimmer gestiegen war. Dieser hatte, als er die Gardinen zur Seite zog, mit einem Blick erkannt, was vor sich ging. Bevor Lord Rochfield ihn überhaupt wahrnehmen konnte, hatte Harry ihn gewaltsam vom Bett gezerrt und mit einem kräftigen Kinnhaken zu Boden gestreckt.

Ein paar Sekunden lang schien Lord Rochfield die Sprache verloren zu haben. Doch dann, immer noch in ziemlich lächerlicher Pose auf dem Boden ausgestreckt, schrie er wütend: »Wie können Sie es wagen, mich zu schlagen!«

»Wenn Sie aufstehen«, drohte Harry, »und wie ein Mann zu kämpfen wagen, werde ich dafür sorgen, daß Sie so etwas in Ihrem Leben nie wieder tun werden!«

Angriffslustig stand er über Lord Rochfield gebeugt, die Fäuste geballt, doch er war ein fairer Gegner und hätte nie einen Mann geschlagen, der am Boden lag.

Lord Rochfields Augen wurden schmal. »Ich werde mich mit Ihnen schlagen, Vernon, aber wie ein Gentleman. Ich werde dafür sorgen, daß Sie sich für diese Beleidigung entschuldigen.«

»Wenn Sie das wollen«, antwortete Harry, »stehe ich Ihnen nur zu gern zur Verfügung.«

»Wunderbar«, gab Lord Rochfield zurück. »Am üblichen Platz in Green Park, bei Dämmerung!«

Er knurrte die Worte, aber gleichzeitig zog er es vor, nicht aufzustehen, weil er dachte, daß Harry ihn dann wieder zu Boden schlagen würde.

»Ich werde da sein«, sagte Harry kurz, »und ich werde Ihnen eine Lektion erteilen, die es Ihnen zumindest für ein oder zwei Monate unmöglich macht, sich derart hinterhältig und gemein aufzuführen.«

»Sie sind wirklich ein Optimist!« höhnte Lord Rochfield, aber Harry hörte gar nicht zu.

Er hatte sich zum Bett gewandt und half Arilla, die versuchte, sich aufzusetzen, auf die Füße zu kommen. Er legte seinen Arm um sie, und als er bemerkte, daß sie vor Entsetzen schwankte und fast nicht gehen konnte, hob er sie auf seine Arme.

Ohne Lord Rochfield noch eines Blickes zu würdigen, ging er an ihm vorbei ins Wohnzimmer. Er hielt sie fest an sich gedrückt, damit sie nicht fallen konnte.

»Geht es wieder?« fragte er. »Das Personal sollte nicht erfahren, daß etwas so Widerwärtiges hier vorgefallen ist.«

»Es... es geht wieder«, flüsterte Arilla mit zitternder Stimme.

Sie strich sich übers Haar, und Harry bemerkte, daß das Mieder ihres Kleides zerrissen war.

»Wo ist dein Umhang?« fragte er.

Mühsam erinnerte sie sich daran, wie ein Lakai ihn ihr abgenommen hatte, als sie angekommen war.

»Er... er ist... unten.«

Seine Lippen wurden schmal. Er zog einen Lilienstrauß aus einer Vase und drückte ihr die Blumen in die Hand. Sie verstand und preßte sie trotz der nassen Stengel gegen ihre Brust. Harry öffnete die Tür.

In den goldenen Leuchtern flackerten die Kerzen. Harry stützte mit der Hand ihren Ellbogen, und so gelang es Arilla, aufrecht und ohne zu stolpern bis zur Treppe zu gehen. Während sie sich mit einer Hand am Geländer festhielt, schritt sie langsam hinunter. In der Halle erwarteten sie der Butler und zwei Lakaien.

Als sie unten angekommen waren, sagte Harry scharf: »Besorgt mir eine Mietkutsche!«

Ein Lakai öffnete die Tür und lief gehorsam in die Nacht hinaus. Harry blickte sich um und entdeckte Arillas Samtumhang auf einem Stuhl. Er nahm ihn und legte ihn ihr um die Schultern. Die Lilien warf er auf einen Tisch. Ungeduldig, ohne ein weiteres Wort zu sagen, wartete er, bis er draußen die Räder einer Kutsche hörte.

Als Arilla ihn ansah, dachte sie, daß sie noch nie einen Mann so wütend gesehen hatte. Doch in ihrem Herzen sagte sie ein Dankgebet, weil er gekommen war, um sie zu retten.

Er half ihr in die Kutsche, gab dem Kutscher die Adresse und setzte sich dann neben sie. Der Kutschknecht schloß den Schlag.

Als sie davonfuhren, sagte Arilla mit kaum hörbarer Stimme: »D... du bist gekommen... hast mich gerettet... Ich dachte, ich wäre... verloren und es gäbe... keinen Ausweg.«

»Jetzt ist alles gut«, sagte Harry, »und so etwas wird nie wieder geschehen.«

»Ich... ich habe eine Nachricht bekommen, daß du... dich verspäten und mich... in Rochfield House treffen würdest.«

»Und ich habe eine bekommen, daß du Kopfschmerzen hast und dich nicht wohl genug fühlst, um auszugehen«, antwortete Harry.

Arilla stieß einen kleinen Schrei aus. »Er hat alles genau geplant! Er hatte es so geplant, daß ich... allein mit ihm sein würde, damit er...«

»Vergiß das alles!« unterbrach Harry. »Es ist vorbei, und wenn er so etwas noch einmal versucht, werde ich ihn umbringen!«

»Aber du... schlägst dich mit ihm!« rief Arilla. »Er könnte dich... töten!«

»Er ist ein guter Schütze«, gab Harry zu. »Aber das bin ich auch.«

»Das darf nicht geschehen... Ich werde es verhindern!«

Harry stieß ein kleines Lachen aus, das nicht lustig klang. »Das ist etwas, was du nicht tun kannst – und auch sonst niemand.«

»Ich... ich dachte, es wäre... verboten«, stammelte Arilla.

»Es geschieht noch immer, weil es die angemessene Art ist, eine Meinungsverschiedenheit zwischen zwei Gentlemen beizulegen«, erklärte Harry. »Dabei ist Rochfield kein Gentleman, verdammt noch mal! Aber ich kann mich nicht weigern, mich mit ihm zu schlagen.«

»O bitte... bitte... gibt es denn nicht irgendeine Möglichkeit, wie du es vermeiden könntest?« flehte Arilla. »Ich könnte den Gedanken nicht ertragen, dafür verantwortlich zu sein, daß... du verwundet werden könntest!«

»Mach dir um mich keine Sorgen.«

Arilla schluchzte auf und fragte dann: »Wohin fahren wir?«

»Ich bringe dich zurück nach Islington«, antwortete Harry. »Aber zuerst muß ich ein paar Worte mit Charles Ledger sprechen. Er wird einer meiner Sekundanten sein, und den anderen besorge ich mir, wenn ich dich nach Haus gebracht habe.«

»Wie könnte ich nach Haus fahren und... dich allein lassen, wenn du... dich für mich schlägst?« fragte Arilla.

»Oh, das mußt du«, sagte Harry leichthin, »und wenn alles vorüber ist, werde ich kommen und dir davon erzählen.«

»Ich gehe... mit dir«, sagte Arilla fest, »und wenn ich... auf meinen bloßen Füßen... hinlaufen müßte!«

»Du wirst nichts dergleichen tun!« gab Harry zurück. »Für eine Frau ist es nicht das richtige, bei einer solchen Angelegenheit dabeizusein.«

»Niemand muß erfahren, daß ich dort bin«, widersprach Arilla. »Ich könnte in der Kutsche warten oder mich im Gebüsch verstecken.«

Sie schwieg einen Moment und fuhr dann fort: »Ich schwöre dir, Harry, ich könnte die... Ungewißheit nicht ertragen... die furchtbare Angst, nicht zu wissen, was... geschieht.«

Sie sprach so eindringlich und gleichzeitig so rührend, daß Harry einen Moment nachdachte. Dann sagte er: »Nun gut, wir werden sehen, was sich machen läßt. Dies ist das Haus, in dem Charles mit seiner Mutter lebt. Du kannst mit hineinkommen, und ich werde versuchen, ein besseres Gefährt als dieses hier aufzutreiben.«

Arilla sagte nichts, sondern wickelte sich fest in ihren Samtumhang, als Harry ihr aus der Kutsche half. Er führte sie durch den von Säulen umrahmten Eingang in eine beeindruckende Marmorhalle.

»Ich möchte Sir Charles allein sprechen«, hörte sie Harry zu dem Butler sagen.

»Ich glaube, Ihre Ladyschaft hat sich gerade zurückgezogen, Sir«, gab der Butler zurück. »Aber ich werde Sir Charles melden, daß Sie hier sind.«

Er führte sie durch die Halle in einen Raum, an dessen Wänden sich Bücherschränke reihten. Große Kerzen in geschnitzten Ständern, die auf beiden Seiten des Kaminsimses standen, erleuchteten den Raum.

Arilla aber sah nichts anderes als Harry. Sie blickte ihn flehend an und hoffte, er würde nicht darauf bestehen, daß sie nach Islington zurückkehrte. Von Minute zu Minute wurde sie entschlossener, sich von nichts daran hindern zu lassen, das Duell zu beobachten.

Keiner von ihnen sprach, bis Charles ein paar Minuten später das Zimmer betrat und ausrief: »Was für eine Überraschung! Ich habe dich nicht erwartet, Harry!«

Dann bemerkte er Arilla und fügte hinzu: »Und Sie auch nicht, Lady Lindsey!«

»Ich bin gekommen, um zu fragen, ob du mein Sekundant sein wirst«, sagte Harry ruhig.

»Mit wem schlägst du dich?«

»Rochfield, und ich hoffe nur, daß ich ihn zum Krüppel machen kann!«

»Ich nehme an, er hat mal wieder seine alten Tricks versucht«, sagte Charles. »Wo triffst du ihn?«

»Der übliche Platz, bei Sonnenaufgang«, antwortete Harry. »Oh, übrigens, Charles, ich habe noch nicht gegessen.«

»Dafür kann ich sicherlich sorgen«, sagte Charles. »Sind Sie auch hungrig, Lady Lindsey?«

»Nein, nein, ich möchte nichts!« sagte Arilla rasch.

»Sie hat mit diesem Teufel zu Abend gegessen«, erklärte Harry, »nachdem er mir eine Nachricht geschickt hatte, daß das Essen nicht stattfindet.« Er schwieg einen Moment und fuhr dann fort: »Und er hat mir noch eine geschickt, die angeblich von meiner Cousine war – darin hieß es, sie könne nicht zu dem Essen mit Seiner Lordschaft gehen, weil sie Kopfschmerzen habe.«

»Derselbe Schmutz wie immer! Das überrascht mich nicht!« sagte Charles und läutete.

»Diesmal ist er zu weit gegangen!« sagte Harry. »Er kann von Glück sagen, daß ich ihn nicht auf der Stelle umgebracht habe!«

»Das haben sich schon viele gewünscht.«

Der Butler öffnete die Tür.

»Sie haben geläutet, Sir?«

»Ja. Bateson, Mr. Vernon hat noch nicht zu Abend gegessen. Bitten Sie die Köchin, uns etwas zu schicken, was schnell geht. Und dann hätten wir gern eine Flasche Champagner.«

»Wie Sie wünschen, Sir.«

Der Butler schien nicht besonders überrascht, so spät am Abend noch derartige Befehle entgegenzunehmen.

Arilla sank in einen Sessel. Sie fühlte, daß ihre Beine sie nicht länger tragen würden.

Als Harry das sah, sagte er: »Bitte, Arilla, laß dich von mir nach Islington bringen.«

Sie antwortete nicht, sondern sah ihn einfach nur an. Als ihre Blicke sich trafen, sagte er: »Oh, na gut! Charles, du wirst dich um sie kümmern müssen, weil sie darauf besteht, bei diesem Duell anwesend zu sein. Natürlich darf sie sonst niemand sehen.«

»Ich halte das für einen Fehler.«

»Ich weiß«, stimmte Harry zu, »aber in gewisser Weise ist es ja ihr Duell.«

Charles lachte. »Weil sie deine Cousine ist, nehme ich an, daß sie genauso starrköpfig ist wie du. Na schön, wir werden den großen Landauer nehmen, und wenn dir was passieren sollte, sind wir wenigstens in der Nähe, um dich fortbringen zu können.«

Arilla stieß einen kleinen Schrei aus. »O bitte, Sir Charles, verhindern Sie dieses lächerliche, unsinnige Duell! Harry hat mich gerettet, und weil er Lord Rochfield niedergeschlagen hat, wird er mich bestimmt nicht wieder belästigen.«

Charles' Augen leuchteten auf. »Also niedergeschlagen hast du ihn, Harry! Ich könnte mir vorstellen, daß er das vorher noch nicht erlebt hat!« Er lachte, bevor er weitersprach. »Meistens schafft er es, auf einem Duell zu bestehen, bevor er körperlichen Schaden nimmt. Und weil er so ein guter Schütze ist, gewinnt er immer, was, gelinde gesagt, furchtbar ungerecht ist!«

»Ausnahmen bestätigen die Regel!« sagte Harry grimmig.

»Hoffentlich hast du recht«, antwortete Charles. »Aber du wirst eine gehörige Portion Glück und eine ganze Menge Geschick brauchen, wenn du gegen Rochfield antreten willst.«

Jedes Wort, das sie sagten, machte Arilla nur noch ängstlicher. Doch sie konnte verstehen, daß ein Duell Ehrensache war und daß Harry Lord Rochfields Herausforderung unmöglich ausschlagen konnte. Sie konnte nur beten, daß er nicht verletzt würde.

Die beiden Männer lachten und redeten, während Harry sich über das ausgezeichnete Mahl hermachte, das rasch für ihn zubereitet worden war. Er bestand darauf, daß Arilla mit ihnen ein Glas Champagner trank.

»Am besten wäre es«, sagte Charles dann, »wenn du und ich zu Anthony oder Edward fahren würden, um einen von ihnen als zweiten Sekundanten zu gewinnen. Lady Lindsey könnte hierbleiben.« Er zögerte einen Moment und fügte hinzu: »Meine Mutter ist oben, sozusagen als Anstandsdame. Während wir weg sind, wäre es vernünftig, wenn sie sich hinlegen und versuchen würde, ein wenig zu schlafen.«

»Das werde ich tun«, willigte Arilla mit leiser Stimme ein,

»wenn ihr schwört, bei allem was euch ... heilig ist, daß ihr zurückkommt, um ... mich abzuholen und nicht zu dem ... Duell fahrt, ohne mich mitzunehmen.«

»Ich schwöre«, sagte Harry. »Übrigens muß ich noch in meine Wohnung zurück, um mich umzuziehen, und weil du dort ohnehin nicht mit hinkommen könntest, mußt du tun, was Charles sagt.«

»Was auch immer passiert«, sagte Charles, »niemand darf wissen, daß Lady Lindsey bei uns ist. Ich kann mich darauf verlassen, daß unsere Dienerschaft nicht redet.« Er dachte einen Moment nach und sagte dann: »Lady Lindsey braucht nicht einmal nach oben zu gehen. Es gibt im Erdgeschoß ein Schlafzimmer, das mein Vater benutzte, als dic Treppen für ihn zuviel wurden.«

Er führte Arilla den Flur entlang zu einem schön möblierten, gemütlichen Zimmer. Noch einmal versprachen die beiden Männer ihr, sie abzuholen, und drängten sie, etwas zu schlafen. Sie wußte, daß ihr das unmöglich war, doch nachdem sie gegangen waren, zog sie ihre Schuhe aus und legte sich aufs Bett.

Dann begann sie inbrünstig zu beten, daß Harry nicht verletzt würde und daß er, obwohl sie Charles' Sorge um ihn gespürt hatte, das Duell gewinnen würde.

Sie wußte fast nichts über Duelle, obwohl ihr Vater ihr erzählt hatte, wie er als junger Mann einmal in einem Duell gestanden hatte. Er hatte danach wochenlang eine sehr schmerzhafte Wunde im Arm gehabt.

Sie haßte und verabscheute Lord Rochfield und traute ihm nicht. Es war gut möglich, daß er versuchen würde, Harry ernstlich zu verletzen. Das wäre seine Rache für die Demütigung, die er erfahren hatte. Schließlich war er in seinem eigenen Haus niedergeschlagen und darin gehindert worden, sie zu vergewaltigen.

Er ist eine gemeine und verabscheuungswürdige Kreatur! sagte sie zu sich.

Doch dadurch schien das, was kommen würde, nicht weniger beunruhigend, schon gar nicht, wenn sie daran dachte, was er Harry zufügen konnte. Trotz aller Versprechen wurde sie immer ängstlicher und aufgeregter, je mehr Zeit verstrich.

Wie groß war deshalb ihre Erleichterung, als sie ihre Stimmen im Flur hörte! Harry klopfte an die Tür und trat ein.

Er trug statt der Abendgarderobe einen Tagesanzug. Sie hatte zwar gehört, daß manche Duellanten schwarze Halstücher trugen, damit sie weniger gut zu erkennen waren, doch sie war nicht überrascht zu sehen, daß Harrys Halstuch weiß war. Es war, das wußte sie, ein Banner der Herausforderung.

Sie erhob sich, und er sagte: »Kein Grund zur Eile! Charles hat eine Kutsche bestellt, und mein Freund Anthony Burwood wird uns im Park treffen. Hast du geschlafen?«

»Ich habe gebetet«, antwortete Arilla.

Sie sah zu Harry auf und sagte dann mit leiser Stimme: »Es ist... alles meine Schuld, weil ich doch... nach London kommen wollte... Wenn... dir etwas... passiert, dann... will ich... nicht mehr... leben!«

»Mir wird nichts passieren«, antwortete Harry beruhigend, »und wenn du für etwas beten willst, Arilla, dann dafür, daß ich es Lord Rochfield sehr schwer machen werde, dich oder sonst irgend jemand in der nächsten Zeit zu verfolgen!«

In seiner Stimme lag eine Schärfe, an der Arilla merkte, wie zornig er noch immer über das war, was geschehen war. Am liebsten hätte sie geweint, weil er so gut zu ihr war, und ihm gesagt, wieviel ihr das bedeutete. Aber sie wußte, daß ihn das nur verlegen machen würde.

Statt dessen gelang es ihr mit großer Anstrengung, leichthin zu sagen: »Du hast immer Glück gehabt, Harry, und ich bin sicher, daß alle deine Freunde... gerade auf deinen... Sieg... wetten.«

»Da bin ich mir nicht so sicher!« antwortete Harry. »Rochfield steht in dem Ruf, unbesiegbar zu sein!«

»Dann sorg dafür, daß er diesen Ruf verliert!«

Harry lachte und führte Arilla ins Wohnzimmer zurück, wo sie alle noch ein Glas Champagner tranken.

»Nicht zuviel, Harry!« warnte Charles.

»Ich bin doch kein Dummkopf!« antwortete Harry. »Du kannst sicher sein, daß ich im Angesicht des Feindes all meinen Verstand zusammennehmen werde!«

Er half Arilla in die große, bequeme Kutsche, die draußen wartete, und sie fuhren ab.

Beide Männer schienen entschlossen, das Ganze als guten Witz zu behandeln. Sie lachten, als sie am Green Park ankamen.

»Du weißt«, sagte Harry zu Arilla, »was auch immer geschieht – und ich meine *was auch immer* – du *mußt* hier in der Kutsche bleiben. Niemand darf dich sehen.« Sehr ernst fügte er hinzu: »Charles und ich verstoßen gegen alle Regeln, indem wir dich mitgenommen haben, und deshalb mußt du tun, was ich dir sage.«

»Gut«, sagte Arilla, »aber ich muß ... dich ... sehen können.«

»Ich werde den Kutscher anweisen umzudrehen, damit Sie durch die Bäume alles sehen können, was passiert«, versprach Charles.

»Und Watkins sitzt auf dem Kutschbock, falls du irgend etwas brauchst«, fügte Harry hinzu.

Arilla wußte schon, daß Watkins Harrys Diener war. Sie dachte, wie gut es war, daß er daran gedacht hatte, ihn mitzunehmen. Falls er verwundet wurde, würde Watkins sich gut um ihn kümmern.

Charles zog ein Etui hervor, in dem zwei Duellpistolen lagen. Als die beiden Männer aus der Kutsche kletterten, streckte Arilla ihre Hand aus und berührte Harrys Arm.

»Wirst du ... auf dich ... achtgeben?« fragte sie mit sehr leiser Stimme.

»Ich vertraue auf deine Gebete«, sagte er lächelnd und folgte seinem Freund.

Arilla widerstand dem Wunsch, ihnen nachlaufen zu müssen und sie zu bitten, sie mitzunehmen. Dann setzte sich die Kutsche in Bewegung. Sie bemerkte, wie der Fahrer versuchte, ein wenig näher an den Duellplatz hinter den Bäumen heranzufahren. Als er die Pferde schließlich zum Stehen brachte, sah sie durch den Morgennebel Harry, Charles und einen anderen Mann zusammen reden. Aus einer anderen Richtung kamen drei weitere Männer.

Sie beobachtete sie unruhig und erkannte, daß der, der vorweg ging, Lord Rochfield war. Sie fand, daß selbst in seiner Art zu gehen etwas sehr Angriffslustiges lag. Es schien ihr, als sähe er dem Duell sehr zuversichtlich entgegen und sei sich nicht nur seines Sieges gewiß, sondern auch entschlossen, Harry so schwer wie möglich zu verwunden.

»Oh... bitte... lieber Gott... hilf ihm!« betete Arilla.

In diesem Augenblick öffnete sich der Schlag der Kutsche, und Watkins steckte seinen Kopf herein.

»Geht es Ihnen gut, Mylady?« fragte er.

»Ich... ich habe... Angst«, gab Arilla ehrlich zu.

»Ach, machen Sie sich um den Master keine Sorgen«, sagte Watkins in dem beruhigenden Ton eines Kindermädchens. »Er kann wirklich gut auf sich selbst aufpassen! Trotzdem habe ich alles bei der Hand, falls er einen Kratzer abbekommt.«

»Ich hoffe so sehr, daß das nicht passiert.«

Watkins sah zum Duellplatz hinüber.

»Seine Lordschaft muß auf seinen guten Ruf bedacht sein«, sagte er. »Aber der Master hat das Recht auf seiner Seite, und das ist wichtiger als alles andere.«

Er grinste Arilla an und schloß die Tür. Sie sah, wie er sich hinter einen der Bäume stellte.

Sie kniete sich ans Fenster und spürte die kühle Luft lindernd über ihr Gesicht streichen. Der Himmel wurde gerade hell.

In diesem Moment sah sie einen weiteren Mann, der offenbar langsamer ging, auf die Mitte des Duellplatzes kommen. Sie nahm an, daß es der Schiedsrichter war. Weil er sich so langsam bewegte, vermutete sie, daß er nicht nur älter war, sondern sich auch darüber ärgerte, so früh am Morgen schon aufstehen zu müssen.

Langsam wurde es heller, und der Schiedsrichter rief die beiden Gegner zu sich. Arilla sah, daß er ihnen erklärte, was sie zu tun hatten, obwohl beide die Regeln sicher schon kannten.

Dann hielt sie den Atem an und begann heftig zu beten. Das Duell begannn. Mit den Pistolen in der Hand standen Harry und Lord Rochfield Rücken an Rücken. Sie warteten auf das Zeichen des Schiedsrichters, das ihnen befahl, zehn Schritte zu gehen, bevor sie sich umwenden und schießen durften.

Jetzt, sehr schwach, konnte Arilla seine Stimme hören: »Eins... zwei... drei...«

Sie konnte den Blick nicht von Harry wenden und spürte, wie ihre Gebete von ihr zu ihm strömten, als hätten sie Flügel.

»...vier... fünf... sechs...«

Harry bewegte sich leichtfüßig und elegant. Obwohl sie Lord Rochfield nicht ansah, hatte sie das Gefühl, daß seine Schritte schwerer und schleppender sein mußten.

»...sieben... acht... neun...«

Arilla hielt den Atem an, und in diesem Moment sagte der Schiedsrichter: »...zehn!«

Die beiden Männer drehten sich um.

Der Knall aus ihren Pistolen schien gleichzeitig zu ertönen. Trotzdem bildete sie sich ein, obwohl sie nicht sicher war, daß Harrys Schuß einen Sekundenbruchteil früher erfolgt war. Ihre Augen wanderten zu Lord Rochfield hinüber, und sie sah, daß sie recht hatte. Er taumelte. Sie war sicher, daß Harry ihn getroffen hatte.

Dann, als sie aufgeregt nach Luft schnappte, bemerkte sie, wie auch Harry taumelte. Sie sah, daß er seine Pistole fallen ließ und mit der Hand nach seinem Arm griff.

Dann vergaß sie alles. Sie wußte nur noch, daß er verwundet

war und riß die Tür auf. Während sie hinaussprang, bemerkte sie, wie jemand an ihr vorbeilief. Es war Watkins.

Plötzlich, während sie rannte und rannte, wußte sie, warum sie solche Qual, solche Furcht verspürte: Sie liebte Harry! Sie liebte ihn von ganzem Herzen, schon lange Zeit, obwohl sie es sich nie eingestanden hatte!

»Alles in Ordnung, Mylady!« sagte Watkins. »Er blutet zwar stark, aber es ist nur eine Fleischwunde.«

Obwohl Harry zuerst zu gehen versucht hatte, trugen sie ihn nun zur Kutsche. Watkins hatte den Ärmel seines Überrocks aufgeschnitten, ein Mullpolster auf die Wunde gelegt und bandagierte sie jetzt.

Arilla kam es vor, als wäre überall Blut. Als sie sah, wie blaß Harry war und wie er zitterte, fühlte sie sich beklommen und hilflos wie noch nie in ihrem Leben.

»Was, zum Teufel, machst du hier?« fragte Harry sie.

Er bemerkte, daß sie neben ihm stand, während Watkins versuchte, das Blut zu stillen.

»Wir hätten einen Arzt mitnehmen sollen«, sagte Charles. »Das ist üblich; aber Harry war der Meinung, es wäre nicht nötig.«

»Es wäre sehr... nötig!« sagte Arilla. »Glauben... Sie...«

Sie unterbrach sich und sah zum anderen Ende des Duellplatzes hinüber. Dort kümmerten sich drei Männer um Lord Rochfield, der noch immer am Boden lag.

»Du hast ihn getroffen, Harry«, sagte Charles, und etwas wie Freude schwang in seiner Stimme mit. »Ich gehe wohl besser mal rüber und sehe nach, wie es um ihn steht.«

»Ich will nicht, daß sich irgend so ein Quacksalber hier einmischt«, meinte Harry. »Das wird schon wieder. Bringt mich einfach in die Kutsche und fahrt mich nach Hause.«

Arilla und Watkins taten, was er verlangte. Als sie bei der Kutsche anlangten, sagte Arilla zu Watkins: »Wir müssen ihn in mein Haus nach Islington bringen, damit ich dabei helfen kann, ihn zu pflegen.«

»Eine gute Idee, Mylady!« stimmte Watkins zu. »Eigentlich hatte ich auch schon daran gedacht.«

Das Morgenlicht fiel durch das Fenster der Kutsche auf Harry, der die Augen geschlossen hatte und sehr blaß aussah.

Sie bemerkten es beide, und Watkins sagte zu Arilla: »In meiner Tasche finden Sie ein Fläschchen mit Brandy, Mylady. Wenn Sie so nett sein wollen, es herauszunehmen.«

Arilla sah, daß seine Hände voll Blut waren. Sie fand den Brandy und hielt Harry die Feldflasche an die Lippen.

Er nahm einen ordentlichen Schluck, bevor er sagte: »Jetzt ist es besser – macht bloß nicht so ein Theater – bringt mich einfach in die Half Moon Street!«

Arilla sah Watkins an und schüttelte den Kopf. Er nickte leicht, um ihr zu zeigen, daß er verstanden hatte.

Charles erschien an der Tür der Kutsche.

»Für uns alle ist nicht genug Platz«, sagte er, als er sah, daß Harry fast die ganze Rückbank belegte. »Anthony und ich werden laufen oder jemanden bitten, uns mitzunehmen. Kommen Sie zurecht?«

»Ich denke schon, danke«, antwortete Arilla.

Charles sah Harry an und sagte: »Das hast du verdammt gut gemacht, Harry! Rochfield hat ein Loch im Arm, das ihn bestimmt einen Monat lang beschäftigen wird. Er ist ganz schön angeschlagen!«

»Das... freut mich zu... hören!« brachte Harry heraus.

Charles wandte sich Arilla zu, die sich auf die vordere schmale Bank gesetzt hatte.

»Sorgen Sie gut für ihn«, sagte er, »und lassen Sie es mich wissen, wenn Sie irgend etwas brauchen.«

»Das werde ich tun. Und vielen Dank für alles!« antwortete sie.

Er wandte sich ab und ging wieder dort hinüber, wo Lord

Rochfield gerade von den drei Männern vom Boden aufgehoben wurde.

Als der Kutscher die Tür schloß, fragte er: »Wohin möchten Sie fahren, Mylady?«

Mit leiser Stimme, damit Harry sich nicht einmischte, gab Arilla ihm die Adresse in Islington.

Als sie dort ankamen, war Harry zu schwach, um sich mit Watkins und Arilla zu streiten. Zusammen mit dem Kutscher halfen sie ihm aus der Kutsche. Sie trugen ihn fast die Treppe hinauf. Rose führte sie in ein bequem eingerichtetes Schlafzimmer. Arilla wußte, daß Lord Barlow es benutzte, wenn er nach Islington kam.

Dann war es Watkins, der sich um alles kümmerte. Es gelang ihm, Harry auszukleiden. Er schickte nach dem Leibarzt des Prinzregenten und brachte es fertig, daß alle im Haus durcheinanderliefen, um seine Anweisungen auszuführen.

Er bestand darauf, daß Arilla zu Bett ging, obwohl sie aufbleiben wollte, falls es für sie etwas zu tun gäbe.

»Es hat keinen Zweck, daß Sie den Master pflegen wollen, wenn Sie vor Müdigkeit nicht mal die Augen offenhalten können!« sagte Watkins. »Gehen Sie jetzt und machen Sie ein Nickerchen, Mylady, und wenn Sie sich ausgeruht haben, übernehmen Sie hier das Kommando.«

Er erinnerte Arilla mehr und mehr an ihr Kindermädchen. Sie fand es unmöglich, mit ihm zu streiten und sah ein, daß er recht hatte. Also zog sie sich aus, und obwohl sie das für unmöglich gehalten hatte, schlief sie sofort ein.

Als Arilla erwachte, war es Mittag. Sie hatte ein schlechtes Gewissen, weil sie so lange geschlafen hatte.

»Wie geht es Mr. Vernon?« fragte sie Rose, die auf ihr Klingeln eintrat.

»Mr. Watkins ist sehr zufrieden mit ihm, Mylady, und der

Arzt ist auch anwesend und sagt, daß er viel Schlaf braucht. Also hat er ihm etwas gegeben.«

»Dann schläft er jetzt?« fragte Arilla.

»Wie ein Baby, Mylady! Ich habe Ihr Mittagessen heraufgebracht, und wenn Sie aufgestanden sind, können Sie zu ihm gehen.«

Es sprach sehr für Harrys einnehmendes Wesen, dachte Arilla später, daß jeder im Haus so bemüht war, alles nur mögliche für ihn zu tun. Als wäre es eine Selbstverständlichkeit, reagierten sie auf den leisesten Wink und führten jede Anordnung von Watkins aus, als habe er zu befehlen.

Sie sah Harry später am Nachmittag. Obwohl der Schlaftrunk des Arztes gewirkt hatte, bemerkte sie, daß er sehr viel Blut verloren haben mußte. Er war wie bewußtlos und nahm nichts von dem wahr, was um ihn her vorging.

Als sie sich neben sein Bett setzte, kam er ihr vor wie ein hilfloses Kind, das Schutz brauchte. Gleichzeitig war ihr bewußt, daß er ein Mann war, der Mann, den sie liebte. Ihr ganzes Wesen verlangte nach ihm. Sie versuchte, sich zu sagen, daß das Wahnsinn war und etwas, das sie unterdrücken mußte. Aber sie wußte, daß es leichter wäre, die Flut vom Strand fernzuhalten oder des Nachts das Mondlicht auszulöschen.

Ich liebe ihn! Ich liebe ihn! sagte sie zu sich. Wie könnte ich jemals... einen anderen... heiraten, wenn ich doch ihn... so sehr liebe? Wenn ich ihn nur ansehe, gerate ich schon... so durcheinander, wie ich... es noch nie in meinem Leben... erlebt habe!

Sie zwang sich, aufzustehen und zum Fenster hinüberzugehen und versuchte, sinnvoll und vernünftig nachzudenken. Sie sagte sich klar und deutlich, daß ihre Liebe zu Harry ein unmöglicher Traum war, den sie unbedingt begraben mußte.

Ich war es, die sich diese... Komödie... ausgedacht hat, um einen... reichen Mann zu heiraten und nicht nur mir... sondern auch Harry damit zu helfen, dachte sie. Also muß ich auch dafür bezahlen, und wenn mir... das Herz bricht... Es ist alles nur... meine eigene Schuld!

Es gab keinen Trost, und doch wußte sie, daß sie dem Mann, den sie liebte, nur dadurch helfen konnte, daß sie einen reichen Mann fand. Dann konnte sie ihm all die Dinge geben, die er brauchte. Wie konnte es angehen, daß ein so großartiger Reiter wie er sich die Pferde seiner Freunde ausleihen mußte? Wie konnte er, wenn er älter wurde, weiter vom Wohlwollen anderer leben, weil er sonst Hungers sterben mußte?

Ich muß etwas für ihn tun, ich *muß* einfach! sagte Arilla zu sich.

Sie wußte, für sie würde das bedeuten, sich in die Umarmungen eines anderen Mannes zu fügen, den sie vielleicht ebenso verabscheuen würde wie Lord Rochfield. Aber was war denn Liebe anderes als ein Selbstopfer? Was war Liebe, wenn nicht Hilfe für den, den man liebte, ohne an sich selbst zu denken?

Ich muß jemanden finden, der mich heiratet, sagte Arilla zu sich.

Doch als sie vorsichtig zum Bett zurückging, nahm sie nichts mehr wahr als Harry, der mit geschlossenen Augen dalag und wunderschön aussah. Sie wußte, wenn er sie nur einmal küssen würde, wäre das so wunderbar, als würde sie durch die Pforten des Himmels treten.

Ich liebe dich! Ich liebe dich! wiederholte sie immer wieder.

Den ganzen Nachmittag saß sie da und sah ihn an.

## 6. KAPITEL

Harry bekam hohes Fieber, wie sie es erwartet hatten. Zwei Tage lang wich Arilla nicht von seiner Seite. Nachts wachte Watkins bei ihm. Wegen der Schmerzen in seinem Arm war Harry sehr unruhig.

Schließlich sagte Watkins zornig: »Das Zeug, das ihm der Arzt gegeben hat, taugt ja nicht mal für Kopfschmerzen!«

Arilla dachte ein wenig nach und sagte dann: »Ich möchte mich da nicht gern einmischen, denn schließlich betreut Sir William ja auch Seine Königliche Hoheit. Aber Mama sagte immer, Honig sei das beste Heilmittel.«

»Nun, zumindest kann's dadurch nicht schlimmer werden!« antwortete Watkins.

Er besorgte in der Küche etwas Honig und strich ihn auf Harrys Wunde, die rot und entzündet aussah. Kurze Zeit später schien Harry etwas ruhiger zu werden. Das Fieber sank.

Aber wie erstaunt waren sowohl Watkins wie auch der Arzt am nächsten Morgen, als sie sahen, daß die Entzündung praktisch verschwunden war und die Wunde zu heilen begann!

»Das war mal eine gute Lektion für diesen Gelehrten!« sagte Watkins zufrieden, als Sir William in seiner eleganten Kutsche davonfuhr.

Arilla aber dankte Gott, daß es Harry besser ging. Sie gestand sich selbst nicht gern ein, wie sehr in Sorge sie gewesen war.

Am nächsten Tag ging sie, während er friedlich schlief, hinunter in den Salon. Sie schrieb Dankbriefe für all die Blumen und Geschenkkörbe, die er von vielen seiner Freunde erhalten hatte. Wenigstens waren sie, dachte sie, im Augenblick vor Zahlungsforderungen sicher. Ihr Geld schmolz nur zu rasch zusammen.

Außerdem mußte sich Arilla eingestehen, daß sie seit dem Duell das Haus nicht mehr verlassen hatte. Deshalb hatte sie auch keine Gelegenheit gehabt, einen möglichen Ehemann kennenzulernen, der all ihre Probleme lösen konnte. Im Moment jedoch mochte sie darüber nicht nachdenken. Ihre Gedanken kreisten nur darum, daß es Harry wieder besser ging.

Sie beendete gerade einen Brief an eine seiner Verehrerinnen, der sie schrieb, wie gut er sich erholte, als die Tür zum Salon sich öffnete und Rose meldete: »Die Gräfin von Jersey, Mylady!«

Arilla sprang auf. Sie wußte, welch eine große Ehre es war, daß die Gräfin selbst kam und nicht einen Bediensteten schickte, um sich zu erkundigen.

Während sie knickste, sagte die Gräfin: »Ich sehe, Sie haben es sich hier recht gemütlich gemacht – obwohl es ja nicht gerade die passende Adresse für eine Lady ist, die von der *Beau Monde* anerkannt werden will!«

»Ich bin anerkannt worden, dank Ihnen«, antwortete Arilla sanft, und die Gräfin lachte.

»Das stimmt, aber die Tatsache, daß sich Harry hier bei Ihnen aufhält, trägt nicht gerade zur Verbesserung Ihres Rufes bei. Das Beste, was Sie tun können, ist, ihn zu heiraten!«

Arilla sah die Gräfin überrascht an, bis ihr einfiel, daß diese sie natürlich für die reiche Witwe hielt, als die sie selbst sich ausgegeben hatte.

Sie überlegte gerade, was sie am besten darauf antworten sollte, als die Gräfin fortfuhr: »Für Harry wäre das in seiner Lage eine wunderbare Lösung – er wird keine Frau finden, die so hübsch ist wie Sie, noch dazu mit einem solchen Vermögen!«

Arilla suchte noch immer nach Worten, als die Gräfin fragte: »Sie finden Harry doch sicher attraktiv? Wenn nicht, dann sind

Sie wirklich die einzige Frau, die je mit ihm zu tun hatte und sich nicht Hals über Kopf in ihn verliebt hätte!«

»Ich... ich glaube nicht«, brachte Arilla mühsam heraus, »daß... ich Harry... irgend etwas bedeute... außer daß er natürlich freundlich zu mir ist... weil ich seine... Cousine bin!«

»Unsinn!« antwortete die Gräfin. »Harry ist wie alle Männer.« Sie unterbrach sich und lächelte Arilla an, bevor sie fortfuhr: »Ich kann mir kaum vorstellen, daß er sich so viel Mühe um Sie machen würde, wenn Sie ihn nicht völlig behext hätten. Und er ist vernünftig genug zu begreifen, daß Ihr Reichtum die ganze Sache sehr einfach macht.«

Arilla holte tief Luft. Sie wollte sagen, daß sie Harry von ganzem Herzen liebte und daß es der Himmel auf Erden wäre, mit ihm verheiratet zu sein. Aber sie wußte, wie vorsichtig sie sein mußte, damit die Gräfin keinen Verdacht schöpfte, wie es wirklich um sie stand.

Mit einiger Mühe brachte sie es fertig, leichthin zu sagen: »Im Moment denke ich nur daran, wie Harry am schnellsten wieder gesund wird! Er hat zwei Tage lang hohes Fieber gehabt und sehr viel Blut verloren.«

Die Gräfin seufzte. »Ich frage mich, warum diese jungen Männer sich dauernd auf so lächerliche Weise verletzen müssen! Aber jemand, der so hübsch ist wie Sie, meine Liebe, ist natürlich der geborene Unruhestifter!«

»Ich hoffe, das bin ich nicht«, gab Arilla zurück.

Die Gräfin sah sie prüfend an. »Ich würde gern wissen, was genau passiert ist. Es sieht Harry gar nicht ähnlich, jemanden herauszufordern, der so wichtig ist wie Lord Rochfield. Soweit ich gehört habe, ist der Prinzregent ausgesprochen ärgerlich darüber.«

»Oh, das hoffe ich... nicht!« rief Arilla aus.

»Denken Sie an meinen Rat«, sagte die Gräfin, »heiraten Sie Harry, sobald es ihm wieder gutgeht. Dann ist alles vergeben und vergessen.«

Sie klopfte Arilla mütterlich auf die Schulter und verließ das Haus. Zurück blieb ein großer Korb teurer Früchte, die um einen Topf mit Kaviar arrangiert waren.

Harry ging es jetzt gut genug, solche Dinge mit Genuß essen zu können. Während er das tat, sagte er: »Mir scheint, ich steige auf in der guten Gesellschaft, wenn ausgerechnet Frances Jersey nach Islington kommt, um mich zu sehen!«

»Sie schien es für falsch zu halten, daß ich hier ohne Anstandsdame lebe«, sagte Arilla versuchsweise, um zu sehen, was er darauf erwidern würde.

Harry lachte. »Ich kann mir nicht vorstellen, daß die Gräfin oder sogar ein Schwein wie Rochfield mich im Moment für eine große Gefährdung halten könnte!«

»Das stimmt«, antwortete Arilla. »Aber du mußt dich jetzt ausruhen.«

»Ich will aufstehen«, sagte Harry wie ein launisches Kind. »Wenn ich etwas nicht leiden kann, dann ist es, im Bett herumzuliegen!«

»Du kannst nicht aufstehen, bevor Sir William es dir erlaubt«, erwiderte Arilla. »Und ich weiß, daß Watkins verhindern wird, daß du dich übernimmst.«

»Auf fast unheimliche Weise benimmt sich Watkins immer mehr wie das Kindermädchen, das ich früher hatte!« gab Harry zurück. »Und wo wir gerade dabei sind – du auch!«

»Wir haben uns große Sorgen um dich gemacht«, sagte Arilla ruhig.

»Es wird dich freuen zu hören, daß auch Lord Rochfield leidet«, hatte Charles berichtet, der am Vormittag vorbeigekommen war. »Seine Wunde heilt nur langsam, und er hat scheußliche Schmerzen!«

»Ich wünschte, ich hätte ihm seinen Kopf abgeschossen!« gab Harry zurück.

»In welchem Fall du dich aufs Festland hättest zurückziehen müssen«, antwortete Charles. »Und ich kann mir nicht vorstellen, daß du Paris besonders amüsant gefunden hättest, ohne dir all die verführerischen Genüsse leisten zu können, die diese Stadt gerade für reiche Männer bereithält!«

»Wenn ich mir weiterhin dauernd anhören muß, wie arm ich bin«, bemerkte Harry, »werde ich mir eine Stelle als Straßenkehrer suchen oder vielleicht in der Spülküche von Carlton House! Dort hätte ich wenigstens immer massenhaft zu essen.«

»Gestern abend hast du ein ausgiebiges und erlesenes Essen mit dreißig Gästen verpaßt!« erzählte Charles.

»Dank sei dem Himmel wenigstens dafür!« antwortete Harry. Er sagte das so inbrünstig, daß Charles und Arilla lachen mußten.

Wenn sie allein war, konnte Arilla nur daran denken, daß es Harry jetzt wirklich besser ging. Wenn er erst aufgestanden war, müßte sie wieder zu all den Bällen, Empfängen und Gesellschaften gehen, die jeden Tag stattfanden. Mehr als je zuvor schien es ihr demütigend, Einladungen anzunehmen, weil sie auf diese Weise einen reichen Ehemann zu finden hoffte.

Ich kann es nicht mehr ertragen! dachte sie.

Aber sie hatte keine Wahl, wenn sie nicht aufs Land zurückkehren und in Armut leben wollte.

Sie fürchtete auch, daß Miss Mimi, die Besitzerin des Hauses, sich plötzlich zur Rückkehr entschließen könnte. In diesem Fall mußte Harry in seine Wohnung zurückkehren. Und auch wenn es ihr gelang, für sich selbst eine andere Unterkunft zu finden, würde sie ihn nicht mehr so oft sehen können wie jetzt.

Sie hatte Rose beim Ankleiden gefragt, wie lange ihrer Meinung nach ihre Herrin fortbleiben würde.

»Ich habe keine Ahnung, Mylady«, antwortete Rose. »Das hängt ganz von Seiner Lordschaft ab. Aber ich habe gehört, daß sie vielleicht nach Nizza wollen.«

»Das soll ein sehr hübscher Ort sein«, meinte Arilla.

Sie überlegte, daß es, wenn Mimi tatsächlich nach Nizza fuhr, noch einige Zeit dauern würde, bis sie nach London zurückkam.

»Ich hoffe nur, daß Miss Mimi eine schöne Zeit hat«, redete Rose weiter, als habe sie ihre Gedanken gelesen, »und daß man ihr nichts von dem armen Mr. Harry erzählt. Das würde sie so aufregen!«

Weil sie das so nachdrücklich gesagt hatte, fragte Arilla Harry danach, als er von seinem Nachmittagsschlaf erwachte. »Erzähl mir von der Besitzerin dieses Hauses. Rose sagte, sie wäre sehr besorgt, wenn sie wüßte, daß du verwundet worden bist.«

»Rose redet zuviel!« sagte Harry scharf. »Das Haus gehört Lord Barlow, der ein Freund von mir ist.«

Fast unwillkürlich sagte Arilla mit leiser Stimme: »Wenn diese Miss Mimi reich wäre... würdest du... sie heiraten?«

Harry starrte sie überrascht an. »Um Himmels willen, natürlich nicht! Man heiratet nicht die Mimis dieser Welt! Aber sie ist eine charmante und sehr hübsche Person – das ist alles, was du über sie zu wissen brauchst!«

»Aber ich möchte mehr wissen!« widersprach Arilla.

»Ich sehe keinen Grund dafür.«

»Rose macht immer Andeutungen... daß sie dich sehr gern hätte... oder vielmehr... verliebt in dich sei, und ich habe... mich nur gefragt...«

»Dann hör auf, dich zu fragen!« befahl Harry. »Damen von Stand wissen, wann und wann nicht sie andere Frauen zur Kenntnis zu nehmen haben, und was dich betrifft, so hast du von Mimi nie etwas gehört.«

»Ich... ich verstehe... nicht«, sagte Arilla verwirrt.

Harry schloß die Augen. »Ich finde dieses ganze Gerede ziemlich ermüdend«, beschwerte er sich.

Arilla hatte das Gefühl, von ihm geschlagen worden zu sein. Sie schwieg. Gleichzeitig war sie, was Miss Mimi betraf, neugieriger als je zuvor. Sie hatte den Verdacht, daß Harry stärker an ihr hing, als er zugeben wollte. In ihrem Herzen fühlte sie einen Stich, der auch dadurch nicht vermindert wurde, daß die Marquise von Westbury zu Besuch kam.

Sie rauschte zur Tür herein und sah ausgesprochen elegant aus mit einem Hut, der mit kleinen Straußenfedern besetzt war und einem Kleid, das ihre gute Figur sehr betonte.

Sie wurde in den Salon geführt. Als man Arilla ihr Kommen meldete, ging sie ziemlich nervös hinunter, um sie zu begrüßen.

»Guten Tag, Mylady!« sagte sie mit einem winzigen Knicks zur Marquise hin.

»Ich wünsche, Harry Vernon zu sehen«, sagte die Marquise, »und versuchen Sie nicht, mich daran zu hindern.«

»Es war nicht meine Absicht, das zu tun«, antwortete Arilla, »aber im Moment schläft mein Cousin. Sobald er aufwacht, werde ich ihm sagen, daß Sie hier sind.«

Sie wußte, daß die Marquise überlegte, ob sie darauf bestehen sollte, daß Harry geweckt wurde, doch statt dessen setzte sie sich neben dem Kamin in einen Sessel und sagte: »Ich nehme an, Lady Lindsey, Sie wissen, daß über Sie in unschöner Weise gesprochen wird? Sie sollten doch mehr Verstand haben, als ein Duell zwischen Harry und Lord Rochfield zu provozieren!«

»Das habe ich gewiß nicht beabsichtigt!« sagte Arilla abwehrend.

»Ich frage mich, ob das wohl wahr ist«, bemerkte die Marquise. »Selbst wenn Sie vom Land kommen, sollten Sie schließlich klug genug sein, keine angespannte Situation zwischen zwei Männern heraufzubeschwören, die beide als gute Schützen bekannt sind.«

Arilla fühlte, daß es ein Fehler wäre, darüber zu reden, was vorgefallen war. Sie versuchte, das Thema zu wechseln.

»Es wird Sie sicher freuen zu hören, daß es Harry sehr viel besser geht.«

»In diesem Fall sollten Sie ihn, wenn Ihnen an Ihrem Ruf irgend etwas liegt«, gab die Marquise zurück, »schleunigst in seine Wohnung zurückschicken. Sie mögen ja mit ihm verwandt sein, aber das ist noch lange kein Grund, sich über die guten Sitten hinwegzusetzen.«

»Ich bin sicher, daß Harry... das Richtige tun wird«, antwortete Arilla. »Ich werde gehen und sehen, ob er jetzt wach ist.«

Noch während sie sprach, verließ sie das Zimmer. Als sie die Treppe hinaufstieg, wußte sie, daß sie die Marquise von Westbury haßte, obwohl sie eine der schönsten Frauen war, die sie je gesehen hatte.

Natürlich ist Harry in sie verliebt, dachte sie. Es kann gar nicht anders sein.

Als sie Harrys Zimmer betrat, war Watkins schon dort. Harry mußte also geläutet haben.

»Hast du gut geschlafen?« fragte sie Harry, während Watkins mit geübten Händen die Kissen glättete. Harry sah, das mußte sie zugeben, sehr gut aus. Sein Gesicht hatte wieder Farbe. Er war zwar etwas dünner, aber das stand ihm.

»Komm, sprich mit mir«, sagte Harry. »Erzähl mir, was in den Zeitungen steht. Ich bin zu faul, sie selbst zu lesen.«

»Du hast Besuch.«

»Wer ist es?«

»Die Marquise von Westbury, und sie will dich selbst sehen.«

»Ich nehme an, ich sollte sie besser empfangen«, sagte Harry, »aber achte darauf, daß sie nicht zu lange bleibt.«

Arilla sagte nichts, aber als sie die Treppe wieder hinunterging, spürte sie etwas in ihrem Herzen, das sie zu zerreißen schien. Sie wußte, daß es Eifersucht war. Nachdem sie die Marquise in Harrys Zimmer hinaufgeführt hatte, hätte sie am liebsten geweint.

Wie kann ich nur so ein Dummkopf sein? fragte sie sich selbst.

Sie wußte die Antwort auf diese Frage. Sie liebte Harry so sehr, daß es für sie Qual und Freude gleichzeitig war, in seiner Nähe zu sein.

Am folgenden Tag bestand Harry darauf aufzustehen.

»Es ist noch zu früh, Sir«, widersprach Watkins.

»Ich lasse mich nicht mehr länger wie ein Kind oder ein Krüppel behandeln!« gab Harry zurück. »Nach dem Lunch werde ich mich ausruhen, genau wie immer, und dann werde ich mich anziehen und ans Fenster setzen.«

»Na schön«, sagte Arilla, bevor Watkins etwas erwidern konnte. »Aber wenn du einen Rückfall hast und noch eine Woche im Bett liegen mußt, dann schieb die Schuld nicht auf uns!«

»Es geht mir ausgezeichnet«, sagte Harry, »und es wird mir langweilig, daß sich dauernd irgendwelche Leute um mich sorgen und mir sagen, ich sähe wie ein verwundeter Held aus, bloß weil ich meinen Arm in einer Schlinge trage!«

Er scherzte, aber Arilla wußte, daß eine Person, die sich ganz gewiß über seine Rückkehr freuen würde, die Marquise war. Als sie am vergangenen Tag das Haus verlassen hatte, hatte sie ausgesehen wie das sprichwörtliche Kätzchen, das von der Sahne genascht hat, dachte Arilla.

»Was aber noch wichtiger ist«, sagte Harry, nachdem Watkins sie alleingelassen hatte, »ich werde nicht länger dulden, daß du an meinem Bett sitzt und den barmherzigen Engel spielst! Welche Einladungen hast du für heute abend?«

»Das werde ich dir nicht verraten«, antwortete Arilla, »denn wenn du wirklich aufstehst, werden wir zusammen im Boudoir zu Abend essen, damit du nicht die Treppe hinuntergehen mußt.«

»Woher weißt du, daß ich mit dir alleine essen will?« fragte Harry. »Vielleicht möchte ich ein großartiges Dinner mit mindestens einem Dutzend Gästen!« Er schwieg für einen Moment. Ein Lächeln zeigte sich auf seinem Gesicht, als er fortfuhr: »Hinterher könnten wir Karten spielen oder vielleicht – tanzen.«

Arilla stieß einen Entsetzensschrei aus, bis sie merkte, daß er sie neckte.

»Du kannst zum Abendessen aufstehen«, sagte sie, »aber wenn ich mich nicht sehr täusche, wirst du froh sein, danach wieder ins Bett zu kommen.«

»Ich werde dir erlauben, mit mir zu essen«, sagte Harry hochmütig, »wenn du mir versprichst, daß du morgen wieder anfängst auszugehen. Wie viele Einladungen hast du bisher ausgeschlagen?«

»Nicht besonders viele«, sagte Arilla, »und um ehrlich zu sein – ich wäre lieber hier bei dir.«

»Du weißt genausogut wie ich«, sagte Harry mit einer Stimme, die Arilla hart schien, »daß du Zeit und Geld verschwendest. Und jetzt müssen wir zu allem anderen auch noch den Arzt bezahlen.«

»Ist er sehr... teuer?« fragte Arilla mit leiser Stimme.

»Sehr!« antwortete Harry. »Jetzt geh nach unten und nimm alle Einladungen an, die du für morgen bekommen hast. Ich entlasse dich aus dem Krankendienst.«

Arilla sah ihn flehend an. »Laß mir doch etwas... Zeit... Du weißt, wie ungern ich... ohne dich zu einem... Ball ginge.«

»Dir wird aber nichts anderes übrigbleiben«, erwiderte Harry scharf. »Wenn ich Charles richtig verstanden habe, besteht wenigstens nicht die Gefahr, daß du Rochfield begegnest – und du kannst doch nicht zulassen, daß deine übrigen Verehrer dich vernachlässigen!«

Arilla antwortete nicht. Sie dachte nur hoffnungslos, daß Harry recht hatte. Je früher sie wieder ausging, desto besser.

Ihren Lunch nahm sie neben seinem Bett ein. Nachdem Watkins alles für Harrys Mittagsschlaf bereitgemacht hatte – obwohl Harry dagegen protestierte –, ging Arilla hinunter in den Salon und sah den großen Stapel der Einladungen durch, die für sie gekommen waren. Es gab noch einen weiteren Stapel für Harry. Einige Briefe kamen direkt ins Haus, einige hatte Watkins aus Harrys Wohnung geholt.

Sie erinnerte sich, wie aufgeregt sie in der ersten Zeit in London gewesen war, weil so viele vornehme Leute sie eingeladen hatten. Jetzt wollte sie nichts anderes als mit Harry allein sein. Sie wollte mit ihm reden, ihn lachen hören, und wußte, in jedem Moment, den sie mit ihm verbrachte, würde sie sich mehr in ihn verlieben. Schließlich nahm sie für den Rest der Woche und für die folgende einige Einladungen an. Sie wußte, daß das vernünftig war und daß er es wollte.

Gerade wollte sie Rose bitten, dafür zu sorgen, daß jemand ihre Briefe den verschiedenen Empfängern überbrachte, als sich die Tür öffnete. Sie wandte sich ungeduldig um, weil sie annahm, es wäre ein Besucher für Harry, der etwas von der Zeit stehlen würde, die sie noch mit ihm verbringen konnte.

Dann hörte sie Rose mit ziemlich nervöser Stimme sagen: »Lord Rochfield, Mylady!«

Einen Moment lang war Arilla wie erstarrt. Doch als Lord Rochfield hereinkam, den Arm in einer Schlinge, erhob sie sich.

Sie konnte kaum glauben, daß er wirklich gekommen war, doch sobald Rose das Zimmer verlassen hatte, sagte er: »Ich mußte Sie sehen, meine schöne Dame, und heute nachmittag hat man mir zum ersten Mal erlaubt aufzustehen.«

Arilla fand, daß er blaß aussah. Aber sie war durch sein plötzliches Auftauchen so verwirrt, daß sie nur langsam auf ihn zugehen und sagen konnte: »Ich bin sicher, es ist... noch zu früh für Sie... auszugehen. Bitte... setzen Sie sich doch, und... vielleicht möchten Sie... etwas... zu trinken?«

»Ein Glas Champagner wäre wunderbar!« antwortete Lord Rochfield.

Arilla läutete. Die Tür wurde fast augenblicklich geöffnet, und sie vermutete, daß Rose draußen gewartet und wahrscheinlich gelauscht hatte. Watkins hatte ihrem Personal natürlich erzählt, was bei dem Duell geschehen war. Sie konnte verstehen, daß ihre Hausangestellten genauso überrascht über den Besuch Lord Rochfields waren wie sie selbst.

Sie wies Rose an, eine Flasche Champagner zu bringen, und nahm dann nervös ein Stück von Lord Rochfield entfernt Platz.

»Ich habe Nachrichten über die Fortschritte Ihres Patienten erhalten«, sagte er und verzog die Lippen ein wenig. »Ich entnehme ihnen, daß es ihm besser geht.«

»Das ist richtig«, sagte Arilla, »und ich stimme der Gräfin von Jersey zu, die gesagt hat, es sei ein... großer Fehler, daß das Duell... je stattgefunden hat.«

»Das klingt ganz nach Frances Jersey«, sagte Lord Rochfield sarkastisch. »Sie ist selbst der Anlaß für eine ganze Reihe von Duellen gewesen; doch obwohl sie eine außerordentlich attraktive Frau gewesen ist, war sie nie so schön wie Sie!«

»Ich kann nur sagen«, antwortete Arilla mit leiser Stimme, »daß ich nicht möchte, daß so etwas... wieder passiert. Es hast mich... in große Sorge gestürzt.«

»Das hatte ich befürchtet«, gab Lord Rochfield zurück.

Weil er so angenehm sprach, sah sie ihn erstaunt an.

In diesem Moment kam Rose mit dem Champagner zurück. Arilla lehnte es ab, ein Glas zu trinken, aber sie reichte Lord Rochfield eines. Rose stellte das Tablett auf ein kleines Tischchen und zog sich zurück.

»Ich gebe zu, daß ich noch nicht ganz wieder auf den Beinen bin«, sagte Lord Rochfield, »aber ich konnte nicht mehr länger warten, Sie zu sehen.«

Arilla erwartete, daß er ihr wieder unverschämte Komplimente machen und sie auf jene herausfordernde und unangenehme Weise anstarren würde. Sie wandte deshalb ihren Blick von ihm ab und sah durch das Fenster in den Garten.

Mit leiser Stimme sagte sie: »Ich glaube... Mylord, ich sollte ehrlich sein und... Ihnen sagen, daß ich es... für einen Fehler von Ihnen halte... hierhergekommen zu sein.«

»Was mich betrifft, so war das kein Fehler«, sagte Lord Rochfield, »denn ich konnte nicht länger warten, Sie zu fragen, ob Sie mir die Ehre machen wollen, meine Frau zu werden!«

Einen Moment lang glaubte Arilla, sich verhört zu haben. Dann wandte sie den Kopf und starrte ihn voller Überraschung an.

Er sagte: »Es ist mir gelungen, die Ehe zu umgehen, seit meine erste Frau starb. Weil ich in dieser Ehe sehr unglücklich war, hatte ich mir geschworen, nie wieder zu heiraten. Aber ich habe mich verliebt, und es ist mir unmöglich, an irgend etwas anderes zu denken als an Sie.« Seine Lippen verzogen sich zu einem schiefen Lächeln, als er hinzufügte: »Ich hoffe, Sie können mir mein schlechtes Benehmen verzeihen. Wir könnten sehr glücklich zusammen werden. Ich würde Ihnen alles geben, was Sie auf dieser Welt je begehren könnten.«

Der Gedanke zuckte durch Arillas Kopf, daß sie Pferde für Harry haben wollte, Geld, damit er leben konnte, wie es einem Gentleman zukam, und noch eine ganze Menge anderer Dinge.

Dann starrte sie wieder Lord Rochfield an und dachte daran, was sie gefühlt hatte, als er sie berührte. Wieder stieg die Panik in ihr auf, die sie ergriffen hatte, als er sie auf das Bett warf. Sie fühlte das Gewicht seines Körpers, der sie wehrlos niedergedrückt hatte.

Sie hatte ihn damals gehaßt, und sie haßte ihn auch jetzt, und als könne er ihre Gedanken lesen, sagte er: »Ich hätte nie gedacht, daß ich je so empfinden könnte, wie ich es jetzt tue. Ich fand Sie äußerst begehrenswert und wollte Sie um jeden Preis besitzen.« Er lächelte sie an und fuhr fort: »Weil Sie doch schon verheiratet waren, kam mir nie in den Sinn, daß Sie so natürlich und unschuldig sein könnten und sich über mein Verhalten so entsetzen würden.«

Er schwieg, doch als Arilla nichts sagte, setzte er hinzu: »Ich habe über alles nachgedacht, und ich hatte ja Zeit genug dafür. Ich finde, ich muß mich nicht nur bei Ihnen entschuldigen –

was allerdings etwas ist, das ich selten in meinem Leben getan habe. Ich muß Sie auch lehren, mir zu vertrauen und mir zu glauben, wenn ich Ihnen sage, daß Sie mich ganz gewiß lieben werden, wenn wir erst verheiratet sind.«

Während sie ihm zuhörte, hatte Arilla das Gefühl zu träumen. Gleichzeitig preßte sie ihre Finger zusammen und zwang sich, ruhig zuzuhören, statt ihrem Gefühl nachzugeben und davonzurennen.

»Wir wissen so wenig voneinander«, fuhr Lord Rochfield fort. »Aber ich weiß, daß Sie alles haben, was ein Mann sich für seine Frau und die Mutter seiner Kinder wünschen kann.« Seine Stimme wurde etwas tiefer, als er sagte: »Heiraten Sie mich, Arilla. Ich schwöre, es gibt nichts auf der Welt, was ich Ihnen nicht zu Füßen legen werde. Ich werde Sie glücklich machen, und es wird keine anderen Frauen mehr in meinem Leben geben!«

Er wartete darauf, daß sie etwas sagte. Arilla holte tief Luft, aber es war, als hätte sie die Stimme verloren. Sie *mußte* einfach träumen, daß Lord Rochfield, der so reich und so bedeutend war, sie nach allem, was vorgefallen war, fragte, ob sie seine Frau werden wolle.

Vor lauter Abscheu über diesen Antrag wollte sie schreien. Doch ein Stolz und eine Selbstbeherrschung, von denen sie nicht gewußt hatte, daß sie sie überhaupt besaß, kamen ihr zur Hilfe.

Sie sah zu Boden, damit er den Ekel in ihren Augen nicht bemerkte, und sagte: »Ich fühle mich sehr geehrt... Mylord, durch das, was Sie... gesagt haben... aber Sie müssen... verstehen, daß es mich... überrascht und... durcheinanderbringt nach allem, was... geschehen ist.«

»Ich habe gesagt, daß es mir leid tut«, sagte Lord Rochfield barsch.

»Ich weiß... und ich verstehe, daß das... für Sie nicht... einfach war.« Sie lächelte ihn an, bevor sie weitersprach. »Gleichzeitig ist es auch für mich nicht einfach, mich auf eine Situation einzustellen, von der ich nie... erwartet hätte, daß sie einmal... entstehen könnte, nicht in meinen... kühnsten Träumen!«

»Aber jetzt ist es geschehen!« beharrte er.

»Ich weiß... aber ich bin sicher, daß Sie... verstehen werden, wenn ich... etwas Zeit brauche, um... nachzudenken, mir das alles... klarzumachen. Genauso wie Sie keinen... besonderen Wert darauf legten, wieder zu heiraten, liegt auch mir... dieser Gedanke fern.«

Das war eine Lüge, aber es gelang ihr, ihren Worten einen überzeugenden Klang zu geben.

Als habe er bemerkt, wie ängstlich und verwirrt sie war, sagte Lord Rochfield: »Ich kann Sie nur bitten, Arilla, über alles nachzudenken, was ich gesagt habe. Es war mir immerhin so wichtig, daß ich gegen den Rat meines Arztes heute hierherkommen mußte, einfach um Ihnen zu sagen, was ich in meinem Herzen fühle.«

»Ich... ich weiß das zu... schätzen.«

»Ich werde Ihnen Zeit geben«, fuhr er fort, »aber versuchen Sie, mir zu glauben, wie glücklich ich Sie machen werde.« Er wartete einen Moment, aber als sie nichts sagte, fügte er hinzu: »Ziehen Sie Ihre Überlegungen nicht zu sehr in die Länge, sonst muß ich glauben, daß Sie mich verrückt machen wollen! Ich möchte Sie am liebsten sofort heiraten!« Wieder schwieg er, bevor er fortfuhr: »Ich möchte Sie von London fortbringen, damit wir allein sein und uns kennenlernen können. Wenn Sie erst einmal mir gehören, werde ich dafür sorgen, daß Sie es nie bereuen!«

Als er das Wort ›gehören‹ sagte, fiel Arilla wieder das Entsetzen ein, das sie gepackt hatte, als er auf ihr lag und an ihrem Kleid zerrte. Er war ihr vorgekommen wie ein wildes Tier. Ihr war klar, daß er sich jetzt zusammennahm, und nicht zuletzt wegen seiner Wunde war er sicher weniger leidenschaftlich als zuvor. Aber sie sah dasselbe Feuer in seinen Augen. Sie fühlte, wie sie vor ihm zurückschreckte, als wäre er etwas Verderbendes, Schmutziges.

Ich hasse ihn! sagte sie zu sich.

Dann dachte sie wieder an Harry und daran, wie reich Lord Rochfield war.

Er trank sein Glas aus und stand auf.

»Ich werde Sie jetzt alleinlassen«, sagte er. »Und wenn ich Sie morgen besuche, möchte ich von Ihnen hören, worauf ich so sehr warte.«

»Ich kann Ihnen ... meine Antwort ... kaum so ... schnell geben«, sagte Arilla.

»Wenn Sie über meinen Antrag nachdenken und sich darüber klarwerden, wie sehr ich Sie liebe«, sagte Lord Rochfield, »werden Sie, da bin ich sicher, verstehen, wieviel ich Ihnen bieten kann. Denken Sie nur daran, welche Position Sie als meine Frau in der Gesellschaft haben würden!« In seiner Stimme lag ein prahlerischer Ton, als er fortfuhr: »Der Prinzregent betrachtet mich als einen seiner engsten Freunde. In nicht allzuferner Zukunft, wenn er König wird, wird er mich als engen Berater brauchen. Dann werden wir beide durch meine Stellung im Palast in den Stand des Erbadels erhoben.« Fast war es, als sähe er das alles vor seinen Augen ablaufen, als er fortfuhr: »Sie werden stolz auf mich sein, meine Schöne, und ich werde sehr stolz auf Sie sein. Aber bevor dies alles geschieht, werde ich Zeit haben, Sie in den Freuden und der Lust der Liebe zu unterweisen. Das wird sehr aufregend für mich sein.«

Seine Stimme war tief und hatte einen Unterton, der Arilla zittern ließ. Wenn sie ihn ansähe, da war sie sicher, würde das Feuer gefährlich aufflackern, und sie hätte das Gefühl, davon verzehrt zu werden. Wie ein aufgeschrecktes Reh sprang sie auf ihre Füße. Sie konnte ihn nicht länger ertragen.

»Ich werde Ihnen Zeit zum Überlegen geben«, sagte er, fast als spräche er zu sich selbst. »Aber ich kann nicht lange warten, Arilla. Ich will Sie – ich brauche Sie!«

Jetzt hatte sie wirklich Angst. Während sie nervös zur Tür ging, sagte sie: »Ich glaube, Sie... sollten sich nicht zuviel... zumuten am ersten Tag, wo Sie... aufstehen... und weil Ihre Kutsche wartet... Mylord, bitte ich Sie... nach Hause zu fahren.«

»Genau das habe ich vor«, sagte Lord Rochfield, »aber ich werde morgen wiederkommen und übermorgen und immer wieder. Ich werde jeden Tag kommen, bis Sie mir die Antwort geben, die ich hören will.«

Arilla hatte Angst, er könnte sie berühren. Sie öffnete die Tür, und er ging hinaus in die Halle, wo Rose wartete. Sie sah zu, wie das Mädchen ihm seinen Zylinder, den Stock und die Handschuhe gab. Als Rose die Haustür für ihn öffnete, wandte er sich zu Arilla um, die ihn noch immer ansah.

»Auf Wiedersehen, bis morgen!« sagte er. »Und denken Sie daran, ich bin ein sehr ungeduldiger Mann!«

Arilla glaubte, in seinen letzten Worten eine Drohung vernommen zu haben. Als sich die Tür hinter ihm geschlossen hatte, rannte sie völlig außer sich die Treppe hinauf, stieß, ohne anzuklopfen, die Tür zu Harrys Schlafzimmer auf und stürmte hinein.

Harry war nicht im Bett. Er stand am Fenster, doch war er nicht völlig angekleidet. In Hemdsärmeln versuchte er, sein Halstuch zu binden. Er war allein, und als Arilla ins Zimmer kam, wandte er sich überrascht um.

Keiner von ihnen sagte ein Wort, und einen Moment lang starrte ihn Arilla regungslos an. Dann warf sie die Tür hinter sich zu, rannte durchs Zimmer, warf sich an seine Brust und versteckte ihr Gesicht an seiner Schulter.

Er legte seinen gesunden Arm um sie und fragte besorgt: »Was ist los? Warum bist du so durcheinander?«

»O Harry, Harry!«

In ihrer Stimme lag Verzweiflung, und Harry sagte wieder: »Erzähl mir – was ist geschehen?«

»L… Lord… Rochfield…«

Harrys Griff wurde fester. »Was hat er jetzt wieder getan? Warum bist du so aufgelöst?«

»Er… er war hier!«

»Er hatte kein Recht, das zu tun!«

»E… er kam… um mich zu fragen… o… ob ich ihn… h… heiraten will!« sagte Arilla mit kaum hörbarer Stimme.

Einen Moment schien es, als wäre Harry zu Stein erstarrt. Arilla hob den Kopf und sah zu ihm auf. Ihre Augen waren dunkel vor Angst und schwammen in Tränen, und ihr Mund zitterte.

»Er… will… mich heiraten! O… Harry… Harry… wie könnte ich… ihn heiraten? W… wie… könnte… ich?«

Harry sah sie lange an, dann stieß er mit einer Stimme, die ihr völlig fremd vorkam, hervor: »Oh, mein Gott!«

Dann berührten seine Lippen die ihren.

Arilla glaubte zu träumen. Doch als Harry sie leidenschaftlich küßte, ungestüm, fordernd, als wäre er ebenso betroffen wie sie.

Er küßte sie, bis sie fühlte, wie ihr ganzer Körper ihm nachgab. Mit seinen Küssen gewann er ihr Herz und ihre ganze Seele. Sie war sein, und die Gefühle schienen durch ihren Körper zu schießen wie Blitze, durch ihre Brust und ihre Kehle, fast schmerzhaft, so stark waren sie.

Erst nach einer Ewigkeit, wie ihr schien, hob Harry den Kopf und sagte wieder mit dieser fremden Stimme: »Wie kannst du mir so etwas antun? Wie kannst du mich so unerträglich quälen, mich fast wahnsinnig machen?«

»Ich liebe dich… ich liebe dich!« sagte Arilla zitternd, »aber ich… ich glaube, ich sollte ihn… h… heiraten!«

»Verdammt!« sagte Harry. »In der Hölle soll er schmoren! Wie könnte ich dich jetzt verlieren, mein Liebling?«

Er zog sie noch näher an sich und legte auch den verwundeten Arm um sie.

»Harry… sei vorsichtig… dein Arm!« sagte Arilla.

»Was macht es denn aus, was mit mir geschieht, wenn ich dich nicht haben kann?« Er lächelte sie an. »Mein Juwel, du ahnst nicht, wie ich in diesen letzten Wochen gelitten habe. Aber wie hätte ich wissen sollen – wie hätte ich ahnen können – daß Rochfield dich heiraten will?«

»E… er hat… alles auf der Welt, das… ich haben will«, stammelte Arilla. »Edle Pferde für dich… ich will, daß du gut versorgt bist… und nicht… auf Kosten anderer Leute… leben mußt.«

Harry stieß ein Lachen aus, das aber nicht amüsiert klang. »Das möchte ich auch gern«, sagte er, »aber *du* bist es, die dieses Schwein heiraten müßte! Und die schreckliche Wahrheit ist, meine Schöne, daß du gewiß keinen Antrag von irgend jemandem bekommen wirst, der reicher oder angesehener wäre.«

»Das… das weiß ich«, flüsterte Arilla, »aber… das alles bedeutet mir nichts… nur… daß ich dich liebe.«

»Wie kannst du so dumm, so naiv sein, jemand wie mich zu lieben?« fragte Harry zornig.

»Ich liebe dich, weil du so bist, wie ein Mann sein sollte… stark, entschlossen und gleichzeitig… freundlich und zärtlich. O… Harry… wie könnte ich… jemand anderen heiraten?«

Es war, als fühlten sie beide im selben Moment, daß ihre Füße sie nicht länger tragen würden. Sie setzten sich auf das Bett. Harry legte seine Arme um Arilla, und sie versteckte ihr Gesicht an seiner Schulter.

»Es ist alles deine Schuld«, sagte er, »weil du so unglaublich, unsinnig zauberhaft bist! Wenn du nicht bei mir bist, ertappe ich mich dabei, daß ich überall dein Gesicht sehe, und wenn du da bist, kann ich an nichts anderes denken als an deine Augen.«

In seiner Stimme lag eine Zärtlichkeit, die Arilla das Gefühl gab, ihr Herz würde sich in ihrer Brust überschlagen.

Dann sagte sie mit sehr zaghafter Stimme, die er kaum hören konnte: »Wenn... wenn ich ihn heirate... dann nur... weil ich d... dich liebe.«

»Verdammt, das ist kein besonders guter Grund!« sagte Harry. »Es muß doch noch andere Männer geben, besser als Rochfield!«

»Wenn es... sie gibt«, sagte Arilla, »ist es zweifelhaft, ob sie so reich wären, und ich bin ihnen noch nicht... begegnet.«

Ohne noch etwas zu sagen, wußte sie, daß sie beide daran dachten, wie wenig Geld sie hatten. Es würde nicht mehr lange reichen.

Er zog sie näher an sich. Als sie zu ihm aufsah, küßte er sie heftig, fast gewaltsam, als wolle er ihr weh tun. Trotzdem fühlte sie, wie sie seine Zärtlichkeit auf eine wilde, wunderbare Art erwiderte. Seine Küsse wurden immer leidenschaftlicher. Harry legte sich auf die Kissen zurück und hob seine Füße aufs Bett. Er zog Arilla zu sich herab, bis sie dicht an ihn geschmiegt lag.

Ihre Herzen klopften heftig. Die Gewalt ihrer Gefühle hatte sie beide atemlos gemacht. Er sagte: »Du gehörst mir – und kein anderer Mann soll dich je haben!«

»Meinst du das... wirklich?«

»Ich meine es so!« erwiderte Harry, »ich würde lieber sterben, als dich zu verlieren!«

»Mir... mir geht es... genauso«, flüsterte Arilla. »Ich... ich liebe dich so sehr, daß du für mich die ganze Welt ausfüllst... den Himmel... es gibt nichts und niemanden mehr... nur dich!«

»Meine Süße! Mein Liebling! Mein Juwel!«

Dann küßte er sie wieder, bis ihr Körper sich gegen seinen preßte. Sie wußte, daß das Feuer, das in ihm war, auch in ihr brannte. Dies war die Liebe, wie sie sie sich immer erträumt hatte, wie sie sie ersehnt hatte.

Harry gab ihre Lippen frei und sagte dann sehr ruhig:

»Wann wirst du mich heiraten, Liebling? Ich weiß, daß ich ohne dich nicht mehr leben kann!«

»Und ich... kann nicht... ohne dich leben!« antwortete Arilla, »aber...«

»Es gibt kein Aber«, unterbrach Harry, »und wenn du glaubst, daß ich dir erlaube, Rochfield oder sonst jemanden zu heiraten, dann irrst du dich! Du wirst *mich* heiraten, und irgendwie, der Himmel weiß wie, werden wir einen Weg finden, nicht Hungers zu sterben.«

Arillas Kopf sank wieder gegen seine Schulter, als sie mit ängstlicher Stimme fragte: »W... wie könnten wir das... schaffen?«

Harry antwortete nicht, und nach einem Moment fügte sie hinzu: »Bevor du gekommen bist, um... mich zu retten... dachte ich daran, wie... hoffnungslos es ist, daß ich keine Möglichkeit habe, Geld zu verdienen.« Sie seufzte tief, bevor sie fortfuhr: »Ich bin gut erzogen, Mama hat sehr darauf geachtet. Ich kann kochen, wenn ich nur die richtigen Zutaten dazu habe. Und ich kann sehr gut reiten, wenn ich ein gutes Pferd habe.«

Sie versuchte, möglichst sorglos zu sprechen, aber in ihrer Stimme klang Verzweiflung mit.

»Ich könnte dasselbe von mir sagen«, antwortete Harry, »außer vielleicht, daß das Reiten mein einziges Talent ist.«

Plötzlich, so plötzlich, daß Arilla zusammenschrak, stieß er einen Schrei aus.

»Ich hab's!« sagte er. »Ich weiß, was ich tun werde, und dann werden wir zumindest nicht verhungern müssen, auch wenn du das Essen wohl kochen mußt, mein Liebling!«

»Was... was meinst du?«

»Ich meine, daß ich, wie wir beide wissen, das Talent habe, mir auch das widerspenstigste Pferd gefügig zu machen. Genaugenommen kann ich jedes Pferd zureiten, ganz egal, wie wild es ist!«

Arilla hob den Kopf und starrte ihn an. Harry fuhr fort: »Weißt du, was wir tun werden, mein Engel? Wir werden unserem Glück ein wenig auf die Sprünge helfen, indem wir Pferde finden, die man durch einige Dressur zu den besten machen kann, die jemals verkauft worden sind!«

Arilla stieß einen kleinen Schrei aus, unterbrach ihn aber nicht, als er hinzufügte: »Das ist nicht schwer, es erfordert nur Geduld. Und wenn wir erst einmal ein paar eigene Zuchtstuten haben, ist nicht einzusehen, daß wir damit nicht ein kleines Vermögen machen sollten!«

Jetzt lag eine Begeisterung in seiner Stimme, die Arilla ansteckte.

»Das klingt wunderbar!« rief sie. »Und um so wunderbarer, weil ich es... mit dir zusammen tun werde! Aber, Harry, Liebling... denkst du nicht daran... wir werden einiges Startkapital brauchen, um... ein paar Hengste und Stuten zu... kaufen.«

»Nichts leichter als das!«

»Wie... willst du das... anstellen?«

»Wir werden alles kaufen, was wir benötigen, wenn wir erst einmal verheiratet sind!« Jetzt lächelte Harry, und als Arilla ihn anstarrte, erklärte er: »Unsere Hochzeitsgeschenke! Sie werden das Kapital bilden, mit dem wir unser Unternehmen aufbauen – ein Unternehmen, mein Liebling, das finanziert und geführt wird von der Liebe!«

## 7. KAPITEL

Ich danke dir... mein Gott, ich danke dir... ich danke dir...! sagte Arilla in ihrem Herzen wieder und wieder.

Wenn sie zu Bett ging, erwachte sie manchmal mitten in der Nacht und flüsterte die Worte ins Dunkel.

Doch nach einigen Tagen der Wonne begann ihr Gewissen sie zu beunruhigen. Wie konnte sie Harry jener Welt entreißen, in der er glänzte, selbst wenn er kein Geld besaß?

Wann immer sie an das Herrenhaus dachte, kam es ihr verfallen vor, und alles darin schien fadenscheinig und reparaturbedürftig zu sein. Die Tapeten hingen in Fetzen von den Wänden, die Farbe war überall abgeblättert.

Wie könnte Harry, fragte sie sich, es an solch einem Ort zu etwas bringen?

Dann wieder, wenn sie an seine Küsse dachte und an das, was sie füreinander empfanden, schien alles andere unwichtig zu sein.

»Ich liebe dich! Ich liebe dich!« sagte sie zu ihm, wenn sie bei ihm war, und seine Liebe schien sie zu umgeben wie eine goldene Hülle, der sie nie würde entkommen können.

Zwei Tage später sagte Harry ihr, daß er ausginge.

»Es ist noch zu früh!« widersprach sie.

»Nicht für das, was ich vorhabe.«

»Und was ist das?« fragte Arilla unruhig.

»Der erste, dem wir erzählen müssen, daß wir heiraten werden, ist der Prinzregent«, erklärte er. »Er liebt es, frühzeitiger ins Vertrauen gezogen zu werden als alle anderen.« Er lächelte, bevor er fortfuhr: »Er wäre wütend, wenn ihm Gerüchte von der Heirat zu Ohren kämen, bevor ich es ihm erzählt habe.«

Harry hatte Arilla geholfen, einen klugen Brief an Lord Rochfield aufzusetzen, der ihm übergeben wurde, als er, wie er versprochen hatte, wieder nach Islington kam.

Arilla sagte darin, daß sie sich zwar durch seinen Antrag sehr geehrt fühle, über eine Ehe jedoch ernsthaft nachdenken müsse, besonders nachdem er sie so geängstigt und entsetzt hatte. Sie schrieb auch, wie tief es sie beunruhigte, daß irgend jemand Einzelheiten über das Duell erfahren könnte. Deshalb halte sie es für sinnvoll, daß sie einige ihrer Freunde träfe, bevor sie ihre Entscheidung fällen könne.

Es war ein freundlicher, nicht im mindesten feindseliger Brief. Arilla las ihn noch einmal durch und fand, Lord Rochfield könne darüber unmöglich ärgerlich sein. Sie fürchtete nämlich, daß er sonst Harry etwas antun könnte. Das machte ihr mehr Sorgen als alles andere.

»Wenn er lästig wird, fordere ich ihn eben noch einmal zum Duell!« drohte Harry.

Arilla stieß einen kleinen Angstschrei aus. »Das wirst du nicht tun! Ich habe schon genug gelitten, als du dieses hohe Fieber hattest, und vielleicht hast du nicht jedes Mal so viel Glück.« Sie dachte einen Moment nach und sagte dann flüsternd: »Nimm an, er hätte... dich umgebracht?«

»Das hätte er nicht getan«, antwortete Harry, »aber weil ich nicht möchte, daß du dir Sorgen machst, verspreche ich, daß ich versuchen werde, höflich zu ihm zu sein, wenn wir uns begegnen sollten.«

»Bitte, versprich mir das bei allem, was dir heilig ist«, beharrte Arilla.

Dann küßte er sie, und es war ihr unmöglich, weiter über andere Dinge zu sprechen.

Harry ging, um den Prinzregenten zu treffen. Er trug den Arm noch in der Schlinge und sah, weil er so glücklich war, schöner denn je aus, fand Arilla. Sie ging ins Haus zurück und betete, daß der Prinzregent nicht zornig auf Harry wäre, sondern es ihrem Verlobten gelingen würde, Seine Königliche Hoheit dazu zu bewegen, ihrer Ehe seinen königlichen Segen zu geben.

Wenn das geschah, das wußte sie, obwohl es sehr berechnend schien, würden ihre Hochzeitsgeschenke viel teurer ausfallen als sonst. Doch weil sie darauf ihre ganze Zukunft aufbauen mußten, war es sehr wichtig, daß ihre Freunde sich großzügig zeigten.

Sie lief unruhig durchs Haus und hatte keine Lust, jemanden zu empfangen oder selbst auszugehen, bis Harry zurückkam. An der Art, wie er sich beeilte, konnte sie schon sehen, daß alles in Ordnung war, bevor er ein Wort gesagt hatte.

Er nahm sie in die Arme und sagte triumphierend: »Gewonnen! Ich habe gewonnen, mein Schatz, und du kannst stolz auf mich sein!«

»Was hast du gewonnen?« fragte sie überrascht.

»Seine Königliche Hoheit hat mir nicht nur das Duell mit Rochfield vergeben, sondern als ich ihm erzählte, daß wir beide heiraten werden, sagte er, er würde uns in Carlton House einen Empfang ausrichten!«

»Das... das kann ich nicht glauben!« stieß Arilla hervor. »Das bedeutet ja...«

»Es wird uns nicht einen Penny kosten!« vollendete Harry. »Und von meiner Seite bedurfte es nur ein paar ganz kleiner Anstöße, bis er es vorgeschlagen hat. Sag mir, wie schlau ich bin!«

»Du bist genial, und ich liebe dich!« sagte Arilla und schlang die Arme um seinen Hals.

Er küßte sie wieder, bis sie im Himmel schwebten.

Dann sagte Harry: »Übermorgen werden wir es bekanntgeben. Die Hochzeit wird Ende nächster Woche stattfinden.«

»Ende... nächster... Woche?« brachte Arilla mühsam heraus. »Wie können wir... so schnell... heiraten?«

»Wo ein Wille ist, ist auch ein Weg!« gab Harry zurück. »Es ist eine Tatsache, meine Schöne, daß wir fast kein Geld mehr haben!«

Arilla schwieg. Dann sagte sie: »Bist du sicher... wirklich sicher, daß du das... Richtige tust, wenn du mich heiratest?«

»Bereust du es etwa schon?« gab Harry zurück.

»Nein... nein... natürlich nicht. Es ist nur... ich kann den Gedanken nicht ertragen, daß du... all die Aufregungen und Freuden von London... vielleicht vermißt und dann... bereust... mich geheiratet zu haben.«

Bei den letzten Worten konnte sie ein kleines Schluchzen nicht unterdrücken, aber Harry lachte und zog sie wieder in seine Arme.

»Glaubst du, daß mir außer dir noch irgend etwas wichtig ist?« fragte er. »Wie könnte ich in London leben, wenn ich dich dauernd mit einem anderen Mann sehen, mich mit dir auf Gesellschaften höflich unterhalten und dann... allein nach Haus fahren müßte?«

In seiner Stimme lag eine Tiefe, die das, was er sagte, sehr ernst klingen ließ. Arilla fühlte, daß sie das Richtige taten.

Wir sind füreinander bestimmt, sagte sie zu sich selbst. Vielleicht sind wir uns in einem anderen Leben schon einmal begegnet und haben einander für alle Ewigkeit gefunden.

Das war etwas, was sie gern glauben wollte, denn was sie betraf, das wußte sie, würde es nie einen anderen Mann geben außer Harry.

Als ihre Verlobung in der *Gazette* angekündigt wurde, schien niemand besonders überrascht darüber. Von ihren Freunden wurden sie mit Glückwünschen überschüttet. Arilla war sich peinlich der Tatsache bewußt, daß alle glaubten, Harry würde eine Geldheirat machen. Sie schämte sich, daß sie all die Leute hintergehen mußten, die so freundlich waren.

Gleichzeitig wußte sie, als die Geschenke einzutreffen begannen, auch, daß diese nicht halb so teuer und aufwendig gewesen wären, wenn der Prinz ihrer Hochzeit nicht seinen Segen gegeben hätte.

Harry brachte alle zum Lachen, als die Marquise von Worthing in ziemlich spitzem Ton, wie Arilla fand, auf einer Gesellschaft fragte: »Und was bekommen Sie von Ihrem Cousin, dem Herzog?«

»Seine guten Wünsche – die kosten ihn nichts«, gab Harry zurück.

Die Mehrzahl seiner Freunde bemühte sich, ihm etwas Sinnvolles zu schenken. Sehnsüchtig betrachtete Arilla ein Reisenecessaire aus feinem Leder mit vergoldeten Beschlägen und wünschte, Harry könnte es behalten.

»Was mache ich bloß mit meinem Hochzeitskleid?« fragte sie Harry. »Wenn wir in aller Stille geheiratet hätten, hätte ich eines der Kleider angezogen, die ich schon habe.« Sie seufzte. »Aber ich fürchte, jemand mit einem so scharfen Auge wie Lady Jersey würde das sofort bemerken.«

»Ich habe mich schon darum gekümmert.«

»Wirklich? Was hast du getan?«

»Liza schenkt dir ein Kleid zur Hochzeit.«

»Das kann ich unmöglich annehmen!« rief Arilla aus, und als Liza zur Anprobe kam, sagte sie: »Das ist zu freundlich... zu großzügig von Ihnen... überhaupt daran zu denken... aber ich werde Sie natürlich... bezahlen...«

Mit Mühe hielt sie die Worte ›irgendwann‹ oder ›sobald es mir möglich ist‹, zurück, aber bevor sie noch etwas sagen konnte, meine Liza: »Es ist nicht bloß ein Hochzeitsgeschenk, Mylady, sondern es ist auch ein Dankeschön für alles, was Sie für mich getan haben!«

Arilla hob die Augenbrauen, und Liza erklärte: »Seit Sie zum ersten Mal in einem Kleid erschienen sind, das ich für Sie entworfen habe, kommen scharenweise neue Kundinnen zu mir!«

Sie lächelte Arilla an. »Ihr grünes Gazekleid habe ich ein dutzendmal verkauft, und ich möchte wetten, jede künftige Braut, die Sie gesehen hat, kommt wegen ihres Hochzeitskleides zu mir.«

»Das hoffe ich!« sagte Arilla. »Und vielen... vielen Dank!«

»Ich bin sicher, ich werde für Sie noch viele Kleider machen, Mylady«, sagte Liza.

Arilla wagte nicht, ihr die Hoffnung zu nehmen.

Am Abend, bevor ihre Verlobungsanzeige in der ›*Gazette*‹ erschien, schrieb Arilla noch einen Brief an Lord Rochfield, in dem sie ihm so freundlich wie möglich mitteilte, daß sie Harry heiraten würde.

Sie schrieb:

*»...ich kenne ihn, seit ich ein Kind war, doch erst als ich nach London kam, entdeckte ich, daß ich ihn liebe und daß er stets einen Platz in meinem Herzen gehabt hat. Bitte, verstehen Sie mich und wünschen Sie uns Glück...«*

Von Lord Rochfield kam keine schriftliche Antwort. Aber er schickte ihnen eine große und ziemlich häßliche silberne Rosenschale als Hochzeitsgeschenk. Harry sagte, sie könnten dafür eine große Summe Geld bekommen und müßten ihm dankbar sein.

»Eigentlich glaube ich«, sagte er mit einem Lächeln, »wenn ich irgendwelchen Stolz hätte, würde ich sie ihm ins Gesicht werfen. Aber so wie die Dinge nun einmal liegen, wird uns das Geld, das wir dafür bekommen, eine große Hilfe sein, und ich werde jeden Penny davon hüten.«

Am Anfang der nächsten Woche war schon eine ganze Menge zusammengekommen. Täglich trafen weitere Geschenke ein, und Rose sagte schließlich, sie wäre es leid, dauernd die Tür öffnen zu müssen. Gleichzeitig war das ganze

Haus mit den Hochzeitsvorbereitungen beschäftigt. Das Essen, das Arilla und Harry bekamen, wenn sie allein waren, schmeckte köstlich. Besorgt überlegte sie, ob sie wohl je so gut würde kochen können, wenn sie erst im Herrenhaus wären.

Der einzige, den sie ins Vertrauen zogen und der ihre Pläne kannte, war Charles.

»Ich werde es ihm sagen, Liebling, weil ich seine Hilfe brauche«, erklärte Harry. »Er wird in London sein, und immer, wenn ich ein gutes Pferd zu verkaufen habe, kann ich es ihn wissen lassen.« Er seufzte. »Ich kann mich darauf verlassen, daß er den bestmöglichen Preis dafür herausholt.«

»Ich helfe Ihnen wirklich sehr gern«, sagte Charles, als Arilla sich bei ihm bedankte. »Um ehrlich zu sein, ist es mir immer etwas seltsam vorgekommen, daß Sie so unschuldig und unverdorben wirkten, wo Sie doch eine verheiratete Frau sein sollten.«

Arilla wurde rot, und Charles lachte.

»Na bitte!« sagte er. »Ich kenne in der ganzen *Beau Monde* keine andere Frau, die so schüchtern wäre und so anmutig erröten könnte.«

»Glauben Sie nicht, irgend jemand könnte bemerkt haben, daß wir alle getäuscht haben?« fragte Arilla unruhig.

»Aber nicht im geringsten!« antwortete Charles. »Alle sind fest davon überzeugt, daß Sie in Geld nur so schwimmen und daß Harry eine wirklich gute Partie macht!« Er bemerkte den Ausdruck in Arillas Augen und fügte rasch hinzu: »Natürlich wissen sie auch, daß er ganz offensichtlich sehr in Sie verliebt ist, und das ist ja auch verständlich, wenn man bedenkt, wie schön Sie sind!«

Jedesmal, wenn Charles ins Haus kam, sprachen er und Harry unaufhörlich über Pferde. Sie stritten darüber, wo er gute Einjährige kaufen konnte und wer die besten Deckhengste hatte. Es gab Hunderte von Kleinigkeiten, die bedacht werden mußten, um Harry einen Abnehmerkreis für seine Pferde zu schaffen.

Nur wenn sie allein waren, fürchtete sich Arilla bei dem Gedanken an das Herrenhaus und die Ländereien, die es umgaben, und die nie bearbeitet worden waren. Sie war sicher, daß Harry die Unannehmlichkeiten des Lebens dort unterschätzte.

Wenn sie versuchte, ihm davon zu erzählen, sagte er: »Überlaß das mir. Ich bin bereit, von Luft und Liebe zu leben, bis ich genug Geld verdiene, damit wir uns auch noch viele andere Dinge leisten können.«

»Nimm mal an... du... schaffst es nicht?« flüsterte Arilla.

»Zweifelst du etwa an meinen Fähigkeiten?« fragte Harry. »Ich dachte, du vertraust mir!«

»Natürlich vertraue ich dir!« rief Arilla. »Ich vertraue dir... Ich bete dich an... Für mich bist du... wundervoll! Ich habe nur Angst, daß du... für mich zuviel aufgibst.«

»Was gebe ich denn auf?« fragte Harry leichthin. »Zwei schäbige kleine Zimmer in der Half Moon Street!« Er unterbrach sich einen Moment und sagte dann: »Es gibt eine Reihe von Leuten, die freundlich und großzügig sind, weil ich sie unterhalte, und bis in alle Ewigkeit könnte ich nach der Pfeife Seiner Königlichen Hoheit tanzen!« Dann, als hätte er das Gefühl, treulos gewesen zu sein, sagte er: »Wirklich, ich mag den Prinzregenten und bewundere ihn. Aber er stellt viele Forderungen, und ich möchte, ehrlich gesagt, mein eigener Herr sein, auch wenn das Haus baufällig ist, das Land bestellt werden muß und meine Frau gegen mich rebelliert!«

»Das ist ungerecht!« protestierte Arilla. »Ich rebelliere nicht! Es ist nur, weil ich dich liebe... so sehr, daß ich für dich eine Umgebung wünsche, die deiner wert ist.«

»Ich habe das Gefühl«, sagte Harry, »daß ich so etwas eigentlich zu dir sagen sollte. Statt dessen... kann ich dir nur Luft und Liebe geben, und wenn dir das nicht reicht, dann mußt du eben mit Lord Rochfield durchbrennen!«

Sie lachten darüber, aber Arilla legte ihre Arme um seinen Hals und sagte: »Du weißt, daß ich dich nie, niemals verlassen würde! Sogar, wenn du dich mit mir langweilst, werde ich mich immer noch an dich klammern, und wohin auch immer du gehst, ich werde mit dir gehen. Ich kann mir nicht vorstellen, ohne dich zu leben!«

»Dasselbe fühle ich auch«, sagte Harry, »und deshalb glaube ich, daß wir beide ganz gute Aussichten haben!«

Dann küßte er sie, und es gab wirklich keine Möglichkeit mehr, noch etwas zu sagen.

Als ihr Hochzeitstag heraufdämmerte, schien die Sonne. Arilla wußte, daß das ein gutes Zeichen war.

Harry wohnte nicht mehr in dem Haus in Islington. Er sagte, die Leute wären wahrscheinlich schockiert darüber, wenn sie nicht voneinander getrennt lebten, jetzt, wo es ihm wieder gutging. Abends, wenn sie zu Bett ging, zählte Arilla die Tage, die Stunden und die Minuten, bis sie bei Harry sein konnte und sich nie mehr von ihm trennen mußte.

Sie würden mittags in der Kirche St. Georg am Hanover Square getraut werden. Der Prinzregent würde anwesend sein. Charles war Harrys Trauzeuge.

Für den Schmuck der Kirche, den üblicherweise der Bräutigam bestritt, hatten Charles und Anthony gesorgt. Sie besaßen beide große Landgüter und ließen von dort ihre Gärtner mit Blumen kommen und sie in der Kirche arrangieren. Auch Arillas Brautbukett, das aus weißen Orchideen und Maiglöckchen bestand, kam von Charles' Landsitz. Sie war entzückt darüber, als es gebracht wurde, weil es so hübsch war, doch gleichzeitig mußte sie unwillkürlich daran denken, wie gut es war, daß es Harry nichts gekostet hatte.

Das Hochzeitskleid von Liza war so prächtig, daß sie sich kaum traute, es zu tragen. Aber sie verstand natürlich, daß sie ein Modell war, das Lizas Geschmack und Können zur Schau stellen mußte. Und sie sah mit einem Blick in den Spiegel, wie sehr jede Frau in der Hochzeitsgesellschaft sie beneiden würde. Weil sie ja angeblich eine Witwe war, trug sie kein weißes, sondern ein silbernes Kleid, bestickt mit *diamanté*, und statt eines Schleiers eine kleine Kappe, die zu dem Kleid paßte.

Sie war erleichtert, kein Gefolge von Brautjungern hinter sich zu haben, während sie den Gang hinunterschritt. Sie bemerkte, daß tatsächlich alle Frauen auf ihr Kleid blickten. Sie war sicher, daß Liza sich nicht verrechnet hatte. Bestimmt konnte sie ein Dutzend Aufträge für ähnliche Hochzeits- oder Ballkleider erwarten.

Es hatte so viel gegeben, woran sie denken mußten, daß Arilla erst im letzten Moment eingefallen war, daß sie keinen Brautführer hatte.

»Wie dumm von mir, das zu vergessen«, sagte Harry, als sie es ihm erzählte. »Ich werde natürlich Seine Königliche Hoheit darum bitten.«

»Das kannst du nicht!« widersprach Arilla. »Wenn er nun nein sagt?«

»Was wäre denn daran so schlimm?« gab Harry lächelnd zurück. »Dann müßte ich eben jemand anderen fragen. Wir verabschieden uns mit Pauken und Trompeten, und was wäre angemessener, als daß der Prinzregent dabei seine Rolle spielt? Außerdem liebt er solche Sachen wirklich.«

Für Arilla war es wie ein Märchen, daß der Thronerbe Englands sie zum Altar begleiten sollte. Sie war sicher, daß später über sie viele neidische und gehässige Bemerkungen gemacht würden. Aber sie würde nicht mehr da sein, sie zu hören. Wenn sie und Harry London erst einmal verlassen hatten, würde außer Charles niemand wissen, wohin sie gefahren waren und was sie tun würden.

»Ich habe angedeutet«, sagte er zu Harry, »daß du ins Ausland fährst. Ziemlich viele Leute halten Paris für die ideale Stadt für eine Hochzeitsreise.«

»Das war eine gute Idee«, sagte Harry. »Aber du mußt sehr vorsichtig sein, Charles, damit niemand auch nur die leiseste Ahnung bekommt, wo wir wirklich sind.« Er kicherte. »Sonst könnten sie sich in den Kopf setzen, uns zu besuchen, und sobald sie unser Herrenhaus sehen würden, wüßten sie ganz genau, daß Arilla kein Vermögen hat!«

»Du kannst dich auf mich verlassen«, sagte Charles. »Eigentlich finde ich euch beide großartig! Es gehört ziemlich viel Mut dazu, das zu tun, was du tust. Ich glaube nicht, daß ich selbst so etwas machen würde.«

»Du würdest – wenn du Arilla heiraten solltest!« sagte Harry lächelnd.

In seinen Augen lag der Ausdruck einer so tiefen Liebe, daß Arilla fühlte, wie Tränen in die ihren traten.

Als der Bischof von London sie traute, betete Arilla heftig zu Gott, zu ihrem Vater und ihrer Mutter, ihr zu helfen, damit sie Harry glücklich machte.

Kein anderer Mann auf der Welt würde tun, was er tut, sagte sie in ihrem Herzen. Und ich kann nur dann glauben, daß er es nicht bereut, wenn jene göttliche Kraft mir hilft, die ich fühle, wenn er mich küßt.

Sie und Harry waren ein wundervolles Paar, als sie gemeinsam den Gang wieder hinabschritten. Selbst die hochmütigsten Frauen in der sehr vornehmen Gesellschaft fühlten einen kleinen Kloß in ihren Kehlen und einen feuchten Schleier, der sich auf ihre Augen legte.

Charles sagte später, er habe noch nie einen Empfang erlebt, auf dem so viel gelacht worden sei. Jeder schien von dem Glück und der Fröhlichkeit angesteckt, die von der Braut und dem Bräutigam ausgingen.

Der Prinzregent hielt eine geistreiche Rede, die ihm selbst ebensoviel Spaß machte wie allen anderen. Harry antwortete darauf. Auch er war geistreich, aber gleichzeitig gelang es ihm, allen für ihre Freundlichkeit mit einer Aufrichtigkeit zu danken, die zu Herzen ging. Nur Arilla und Charles wußten, daß er dabei an den großartigen Gabentisch dachte, der im Chinesischen Zimmer ausgestellt worden war. Das Geld, das sie bei dem Verkauf der Geschenke erhielten, würde sehr lange reichen müssen.

Erst als sie in der Kutsche saßen, die noch einmal von dem abwesenden Lord Barlow geliehen worden war, sagte Arilla: »Wohin fahren wir eigentlich? Ich wollte dich schon vorhin fragen, aber ich habe es vergessen.«

»Wir werden uns noch einen luxuriösen Abend in Islington gönnen«, sagte Harry. »Ich habe das Personal zu absolutem Stillschweigen verpflichtet, niemand wird in unsere Nähe kommen, und ich werde dich ganz für mich haben.« Er lächelte, als er hinzufügte: »Wir werden erlesen speisen, in einem wirklich bequemen Bett schlafen – und uns erst morgen um all die Schwierigkeiten und Probleme kümmern, die vor uns liegen.«

»Machst du dir... darüber... große Sorgen?« forschte Arilla.

»Warum sollte ich, wo ich doch dich habe?« antwortete Harry.

Er küßte sie nicht, wie sie es erwartet hatte, sondern küßte statt dessen jeden ihrer Finger einzeln, und schließlich ihre Handfläche.

Das einzige, was sie für ihre Hochzeit tatsächlich hatten kaufen müssen, dachte Arilla, waren die Eheringe gewesen. Sie hatte den Ring ihrer Mutter tragen wollen, aber Harry hatte darauf bestanden, sie mit jedem nur möglichen Gesetz und Liebespfand an sich zu binden, damit sie nie entkommen konnte.

»Als ob ich das wollte!« protestierte sie.

»Du bist so wunderhübsch, so unvergleichlich in jeder Hinsicht«, sagte er, »daß ich fürchte, es wird Tausende von Männern wie Rochfield geben, die versuchen werden, dich mir wegzunehmen!«

Dann küßte er sie fordernd, besitzergreifend, und sie begriff, daß er wirklich Angst um sie hatte. Sie wünschte, er würde sie immer so verehren, sie schützen und sie an sich fesseln.

Sie fuhren nach Islington zurück. Sie bedankten sich bei dem Kutscher und dem Reitknecht und ließen sich von ihnen versprechen, daß sie zu niemandem ein Wort darüber sagen würden, wohin sie gefahren waren.

Nachdem sie das Haus betreten hatten, verriegelte Rose hinter ihnen die Tür. Sie gingen in den Salon, der auf rührende Weise mit Blumen geschmückt war, die von Rose und dem übrigen Personal gekauft worden waren.

Harry nahm Arilla in die Arme und sagte dabei: »Jetzt möchte ich meine Braut in Ruhe ansehen. Ist es wirklich wahr, meine Schöne, daß du mir gehörst?«

»Das... frage ich mich auch... die ganze Zeit«, flüsterte Arilla.

»Ich liebe dich!« sagte Harry. »Ich bin sicher, wenn die Leute wüßten, was wir tun, würden sie uns für verrückt und völlig verantwortungslos halten, aber ich habe keine Angst vor der Zukunft und möchte nicht, daß du welche hast.«

»Ich bin nur so unglaublich... glücklich, deine Frau zu sein, daß ich an... gar nichts anderes denken kann.«

»Ich auch nicht«, antwortete Harry. »Und deshalb, mein Liebling, werde ich nicht länger warten, dir zu zeigen, wie sehr ich dich liebe.«

Hand in Hand gingen sie die Treppe hinauf, und Harry half Arilla, ihr Hochzeitskleid auszuziehen. Sie würden erst in drei Stunden zu Abend essen. Er hob sie auf das Bett.

»Wie habe ich hiervon geträumt«, sagte er, als er sie küßte.

Sie schmiegte sich so dicht an ihn, wie sie konnte, und er fuhr fort: »Ich werde ganz zärtlich sein, meine unschuldige kleine Braut, denn ich möchte dir nicht weh tun oder dich erschrekken.«

»Das... könntest du... nie tun«, sagte Arilla. »Ich liebe dich, und wenn du mich berührst... fühle ich, wie Blitze von Sonnenschein durch meinen Körper schießen. Ich möchte, daß du mich küßt... und noch mehr küßt... für immer und ewig.«

Harry stieß ein ersticktes Lachen aus. Dann küßte er sie, wie sie es sich vorgestellt hatte. Und plötzlich schien Sonnenlicht sie einzuhüllen. Die Welt um Arilla versank.

Es gab nur Harry, seine Arme, seine Lippen und ihre Liebe, die sie zu einem Wesen verschmolz.

Als Arilla erwachte und bemerkte, daß Harry neben ihr lag, machte ihre Herz vor Freude einen kleinen Sprung. Die letzte Nacht war kein Traum gewesen, es war Wirklichkeit!

Sie war Harrys Frau, und das war das schönste, vollkommenste Gefühl, das sie sich je hatte vorstellen können.

Er schlief fest, und als sie sich behutsam enger an ihn schmiegte, dachte sie an das Entzücken, das sie gefühlt hatte, als er sie zu seiner Frau machte. Zum ersten Mal hatte sie begriffen, was Lord Rochfield vorgehabt hatte. Sie wußte, wenn dieser Mann sie vergewaltigt hätte, hätte sie sterben wollen. Mit Harry aber wollte sie leben und sich für immer von ihm lieben lassen.

Am vergangenen Abend hatten sie im Boudoir gegessen, das ebenfalls mit Blumen geschmückt war. Harry hatte mit Rose abgemacht, daß sie das Essen bringen und sie dann allein lassen würde. Er legte Arilla die Speisen vor und küßte sie nach jedem Gang. Sie konnte sich kaum erinnern, was sie gegessen hatte.

Als das Essen vorüber war, hatte Harry sie wieder in das Bett getragen. Die ganze Welt um sie herum war versunken und hatte sie in einem strahlenden Licht zurückgelassen. Nie hätte Arilla sich vorstellen können, daß so einzigartige Empfindungen sie durchströmen könnten oder daß die Liebe so wunderbar war, daß man unmöglich ihren Glanz oder ihr Entzücken ausdrücken konnte. Sie wußte nicht, ob sie die Worte »Ich liebe dich!« wieder und wieder gesagt hatte, ob

Harry sie gesagt hatte oder ob sie von der Luft, die sie umgab, geflüstert worden waren.

Sie wußte nur, daß es nichts Schöneres geben konnte, nichts Vollkommeneres, als Harrys Frau zu sein.

Harry bewegte sich, bemerkte Arilla dicht neben sich und zog sie näher zu sich heran.

»Bist du glücklich, mein Liebling?« fragte er.

»Ich bin so glücklich, daß ich glaube, ich bin... gestorben und jetzt... im Paradies«, flüsterte Arilla.

»Da waren wir auch heute nacht«, sagte Harry. »Und ich weiß, meine süße Frau, daß das etwas ist, was wir nie vergessen werden.«

Er küßte sie sehr sanft und sagte dann: »Ich habe Rose gebeten, uns das Frühstück ins Boudoir zu bringen, sobald ich läute. Danach müssen wir uns auf den Weg machen.« Er küßte Arilla auf die Augen und die Nasenspitze. »Aber zuallererst muß ich dir sagen, daß ich an diesem Morgen der glücklichste Mann auf der Welt bin und das allergrößte Los gezogen habe, weil ich dich geheiratet habe!«

Und bevor Arilla etwas sagen konnte, spürte sie seine Lippen auf den ihren. Sie hielten sich aneinander fest, und noch einmal füllte sich das Zimmer mit dem Sonnenlicht, das auch in ihrem Innern brannte.

Später gingen sie ins Boudoir hinüber. Rose brachte ihnen ihr Frühstück. Es war ziemlich reichlich, wie Arilla bemerkte. Sie hatte Angst, Harry könnte darüber nachdenken, daß der Lunch, den sie als Picknick mitnehmen würden, das letzte ausgesuchte und erlesene Essen wäre, das sie für lange Zeit bekommen würden.

Aber sie wußte, welch ein Fehler es war, solche Vergleiche anzustellen. Wie Harry gesagt hatte, mußten sie die Zukunft als Abenteuer und als Herausforderung betrachten. Arilla betete, daß sie irgendwann die Armut überwinden würden. Doch weil sie so glücklich war, würde es einfach sein, alle Sorgen zu vergessen und nur noch daran zu denken, daß Harry und sie tatsächlich zusammen waren.

Er sah sehr gut aus in dem langen, mit Bändern besetzten Morgenrock, in dem er sehr schneidig wirkte, fast wie in Uniform. Arilla wünschte, sie hätte ihn darin einmal sehen können.

»Falls du gerade an mich denkst«, bemerkte Harry, »*ich* denke daran, wie schön du heute morgen aussiehst, mein Liebling!« Er konnte sich kaum an ihrer Schönheit sattsehen. »Ich bete dich an, wenn dir das Haar so über den Rücken herabfällt und du etwas anhast, was ich für ein sehr aufreizendes und verführerisches Négligée halte!«

»Auch das ist ein Geschenk von Liza«, erklärte Arilla, »und ich habe wirklich ein schlechtes Gewissen, wenn ich bedenke, daß du wohl der einzige Mensch sein wirst, der es sieht. Es ist nicht sehr wahrscheinlich, daß sie sehr viele Bestellungen dafür bekommt!«

»Ich denke doch, es ist wichtiger, mir zu gefallen als sonst irgend jemandem!« meinte Harry.

»Möchtest du das wirklich von mir hören?« fragte Arilla neckend.

Er streckte die Hand nach ihr aus, doch gerade in diesem Moment öffnete sich die Tür, und Watkins kam herein.

»Was gibt es?« fragte Harry.

»Es tut mir leid, Sie zu stören, Herr Hauptmann«, sagte Watkins. »Aber unten ist ein Mann, der besteht darauf, Sie zu sehen!«

Eine Weile herrschte Schweigen. Dann fragte Harry: »Was will er denn?«

»Das wollte er mir nicht sagen, Sir, nur, daß es außerordentlich wichtig ist und er Sie sofort sprechen muß!«

Harry sagte nichts, und Arilla sah ihn beunruhigt an. Sie

wußte, daß er sich Sorgen machte und konnte den Gedanken nicht ertragen, daß irgend jemand heute ihr Glück stören sollte.

»Wenn er mich sprechen muß, dann soll er eben raufkommen«, sagte Harry finster. »Laß ihn herein, aber er soll sich beeilen! Wir brechen auf, um aufs Land zu fahren, sobald wir angekleidet sind.«

»Ich hol' ihn, Sir.«

Als Watkins das Zimmer verließ, fragte Arilla: »Was, glaubst du, will dieser Mann? Ich dachte, niemand wüßte, daß wir hier sind!«

»Das dachte ich auch«, stimmte Harry zu. »Aber ich habe das dumme Gefühl, daß irgendwelche Schulden von mir mich nicht in Ruhe lassen wollen.«

»Du meinst... er ist ein Gläubiger von dir?«

»Das befürchte ich«, antwortete Harry. »Ich kann ihn selbstverständlich nicht bezahlen, und ich hoffe bei Gott, daß es sich um keine größere Summe handelt!«

Verzagt dachte Arilla daran, was geschehen würde, wenn das Geld für die Hochzeitsgeschenke auf diese Weise zusammenschmelzen sollte. Es würde am Ende nicht viel für die Einjährigen und die Stuten übrigbleiben, die Harry kaufen wollte. Sie betete, daß es nichts Ernstes sein möge.

Schweigend saßen sie da, bis die Tür sich öffnete und Watkins den Mann hereinführte. Er war mittleren Alters; seine Haare begannen, grau zu werden. Arilla fand, er sähe aus wie jemand, der mit dem Gesetz zu tun hatte. Sie fühlte, wie eine kalte Hand ihr Herz zusammenpreßte.

»Guten Morgen!« sagte Harry. »Wenn ich recht verstanden habe, wollten Sie mich dringend sprechen?«

»Das ist richtig, Sir«, sagte der Mann und trat einige Schritte vor.

Es gab eine kleine Pause. Dann sagte der Mann: »Ich fürchte, Mr. Vernon, ich bringe schlechte Nachrichten.«

»Schlechte Nachrichten?« fragte Harry, offensichtlich bereit, sich zu wehren.

»Zu meinem tiefen Bedauern muß ich Sie davon in Kenntnis setzen, daß Ihr Cousin, der Herzog von Vernonwick, gestern morgen ums Leben gekommen ist.«

»Ums Leben gekommen!« rief Harry aus. »Was ist geschehen?«

»Das Dach des Westflügels stürzte ein, während Seine Gnaden es prüfte. Als die Dachsparren herabfielen, war die Marquise von Vernon bei ihm. Sie sind beide tot.«

Stumm vor Benommenheit saß Harry da, und der Besucher fuhr fort: »Mein Name ist Matthews, und ich vertrete die Anwaltskanzlei, die die Interessen Seiner Gnaden wahrnimmt – Matthews, Fisher und Colby. Sie müssen verstehen, Sir, daß Sie jetzt der vierte Herzog sind.« Er lächelte Harry an, bevor er hinzusetzte: »Wir wären Ihnen sehr verbunden, wenn Sie es so bald wie möglich einrichten könnten, nach Vernon Park zu kommen, um die nötigen Vorbereitungen für das Begräbnis zu treffen und das Haus und die Ländereien in Besitz zu nehmen.«

Arilla sah, wie Harry tief Luft holte. Als habe er verstanden, sagte Mr. Matthews: »Die Dinge stehen ziemlich schlecht, Sir, wegen der ständigen Befangenheit Seiner Gnaden, wenn es um wirtschaftliche Dinge ging.«

»Ich nehme an, daß ihm aus diesem Grund das Dach auf den Kopf gefallen ist!« brachte Harry schließlich hervor.

»Ganz genau, Sir. Das Haus und auch die Ländereien sind in einem sehr reparaturbedürftigen Zustand. Gleichzeitig sind viele der Landarbeiter nicht bezahlt worden und leiden, nicht durch ihre eigene Schuld, große Armut und Not.« Er holte tief Luft und fügte hinzu: »Ich weiß, daß auf der Bank sehr große Summen liegen, die zu investieren sich Seine Gnaden weigerte.«

Langsam stand Harry auf. »Ich verstehe genau, was Sie mir sagen wollen, Mr. Matthews«, sagte er. »Und ich kann Ihnen versichern, daß dies etwas ist, das, mit Ihrer Hilfe, so schnell wie möglich in Ordnung gebracht werden wird.«

Ein Lächeln veränderte Mr. Matthews finsteres Gesicht. »Das sind gute Neuigkeiten! Wirklich, sehr gute Neuigkeiten!« Er schwieg einen Moment und meinte dann: »Es ist für uns sehr schwierig gewesen, die Angelegenheiten Seiner Gnaden zu verwalten, da er uns verbot, irgendwelches Geld auszugeben und keinen Rat von uns annehmen wollte.«

Arilla, die Harry beobachtete, kam es vor, als verändere sich plötzlich sein ganzes Auftreten. Eine neue Festigkeit und Entschlossenheit schien ihn zu umgeben, die sie noch nie an ihm gesehen hatte.

»Mr. Matthews«, sagte Harry, »ich möchte, daß Sie mir von Jackson's Mietstall den schnellsten Phaeton und das beste Vierergespann besorgen, das zu haben ist. Und eine geschlossene Kutsche, mit der mein Diener nachkommen wird. Wir werden vier Stunden brauchen, um nach Vernon Park zu kommen, aber wir werden versuchen, so früh wie möglich am Nachmittag dort zu sein.« Er sah Arilla an und fügte hinzu: »Sie und Ihre Partner sollten mich in Vernon House treffen. Und dann werden wir unser Bestes tun, die Sache in Gang zu bringen und so schnell wie möglich den Stand der Dinge, wie Sie ihn beschrieben haben, zu verbessern.«

Mr. Matthews verbeugte sich. »Ich werde tun, was Sie befehlen, Euer Gnaden. Haben Sie vielen Dank dafür, daß Sie uns von dem erleichtern, was für uns lange Jahre eine bedrückende Last bedeutet hat.«

Er ging zur Tür, verbeugte sich noch einmal und fragte: »Und wann wünschen Euer Gnaden, daß der Phaeton hier sein soll?«

»In ungefähr zwei Stunden«, antwortete Harry.

»Ich werde mein Bestes tun, Euer Gnaden.«

Als er gerade hinausgehen wollte, fragte Harry: »Wie haben Sie mich überhaupt gefunden?«

»Als ich gestern abend spät in London ankam, bin ich sofort nach Carlton House gefahren«, antwortete Mr. Matthews. »Der Haushofmeister dort meinte, wo doch Euer Gnaden Braut hier gelebt hätte, wüßte das Personal bestimmt, wohin ihr Gepäck bestellt worden sei.«

Harry lachte. »So einfach war das also!«

»Ja, Euer Gnaden.«

Die Tür schloß sich, und Harry wandte sich Arilla zu.

»Das... kann nicht... wahr sein!« murmelte sie.

»Das sage ich mir auch die ganze Zeit«, sagte Harry, »aber es liegt alles nur an dir, mein Liebling.« Er warf ihr einen langen Blick zu, bevor er fortfuhr: »Du hast mir Glück gebracht, das Glück, das ich nie erwartet habe und von dem ich nie zu träumen gewagt hätte.«

»Ich... ich hoffe, daß das... wahr ist«, sagte Arilla. »Aber jetzt, wo du so bedeutend bist und so reich... wirst du mich da... wirklich noch... haben wollen?«

Harry lachte, und es klang sehr fröhlich.

»Fragst du mich wirklich etwas so Unsinniges? Natürlich will ich dich! Wir werden beide zusammen sehr hart arbeiten, aber anders, als ich gedacht hatte.«

Er legte seine Hand an die Stirn, als könne ihm das helfen, klar zu denken, als er hinzufügte: »Es wird tausend Probleme geben, die gelöst werden müssen. Ich weiß, daß das Haus und der Besitz noch viel verfallener sind als das Herrenhaus, und deshalb wird es lange dauern. Aber wenigstens können wir uns das jetzt leisten.« Er holte tief Atem und fuhr fort: »Du hast gehört, wie Mr. Matthews sagte, es lägen große Summen uninvestierten Geldes auf der Bank. Ich wußte immer, wie reich mein Cousin ist und konnte nie verstehen, warum er so knickerig und geizig sein mußte.«

Harry sprach fast mehr zu sich selbst als zu Arilla. Dann trat er an ihre Seite, zog sie von ihrem Stuhl hoch und nahm sie in die Arme.

»Hast du dich nicht gefragt, warum ich Mr. Matthews sagte, der Phaeton solle in zwei Stunden hier sein?« fragte er sanft.

»Ich... ich fand das... seltsam, denn wir brauchen doch nicht... so lange, um uns... anzukleiden.«

»Wir werden uns nicht ankleiden – noch nicht! Dies ist der Morgen nach meiner Hochzeit – Beerdigungen, Ländereien und Geld kommen erst nach der Liebe an die Reihe!«

Er hob sie in seine Arme und sagte: »Zuerst Luft und Liebe, die du mir versprochen hast, Liebling – nichts und niemand kann mich davon abhalten, sie mit dir zu genießen.«

Arilla stieß einen kleinen, aufgeregten Schrei aus, weil sie wußte, was er vorhatte. Er trug sie zum Bett zurück und legte sie vorsichtig auf die Kissen. Als er zu ihr kam und sie in die Arme nahm, umhüllte sie wieder jener Sonnenschein, und sie wußte, wie recht Harry hatte. Nichts war in diesem Moment wichtiger als sie selbst und die Liebe, die sie in ein Paradies der Glückseligkeit tragen würde.

»Ich liebe dich... O Harry, ich liebe dich!« flüsterte sie.

»Du gehörst mir«, sagte er ungestüm, »mir für immer und ewig. Gib dich mir ganz.«

»Ich gehöre... dir... nur dir... bis in alle Ewigkeit!«